樹林舎叢書《じゅりんしゃそうしょ》

九十翁の教職一代記

安藤 邦男

JN151157

人間社

目次

はじめに

父はコタツにはいったまま、ひとり居間でテレビを見ている。わたしはその後ろを無言のまま通りすぎた。どのくらいたったのか定かでないが、ふたたび居間にもどると、あいかわらず父はテレビの前に座ったままだ。眠っているのか、こんどは目をとじている。

「おとうさん、もう寝たら――」と声をかけたが返事がない。つと近づき、肩に手をかけた。ゆり動かすと、身体の重みがズシリと、腕に寄りかかった。

「あっ、死んでいる」と叫んだとたん、目が覚めた。

これまで母の夢はよくみたが、最近は父がよく夢枕に立つ。それも、父の臨終の場面が多い。母の死に目には遇えなかったが、父はわたしの目の前で息を引きとった。それだけに、その死は五十年たついまも、わたしの脳裏に鮮明に焼きついている。

その日の夕方、わたしは仕事帰りに、実家に寝ている父を見舞った。一年ほど前に脳出血で倒れた父はそのまま寝ついて、もう意識がなかった。夜になって、病状が急変した。医者を呼んだ。呼吸がシャックリのようになり、それがだんだんゆっくりと、そして途切れとぎれになり、最後は嗚咽に似た声に変わって、そのまま息絶えた。

いまにして思うのであるが、あの臨終の嗚咽めいた声はいったい何を語っていたのだろうか。この世を去るにあたって、意識の底で何かひとこと言い残したかったのがかなわず、思わずいらだちの溜息となって表れたのであろうか。それとも、寡黙の父が日ごろ家族に思いの丈を伝え得なかったことへの、痛恨のうめきであったろうか。

「明治生まれの父親」の例にもれず、わたしの父も子どもには背中だけしか見せなかった。若い頃、久居（現三重県津市久居新町）の騎馬連隊に所属し、兵役が長かった父、祖父の死とともに帰郷し、農耕生活を営みながら戦中の窮乏期や戦後の混乱期を生き抜いた父、わたしは父のそんな後ろ姿だけしか知らない。

木訥で無口な父と興味も関心も異なる息子は、あえて父と向き合うこともせず、父とはまったく別の人生を歩んだ。そしてもっと父を知りたいと思ったとき、すでに父はこの世にいなかった。父は何を感じ、何を考え、どのような人生を歩んだのであろうか、いまとなっては知るよすがとてない。父と半生をともにした母も亡いし、父の書いた手紙や日記も残っていない。

さて、因果はめぐるものである。もう少し父が自分の人生を語ってくれていたならよかったのにという思いは、いつしか逆に「お前は自分の人生を息子に語っているか」という問いとなってわが身に返ってきていた。気づいてみれば、わたしも寡黙な父に似て、息子に何ひとつ語っていないのである。

わたしは令和元年の今年十一月に九十歳になる。昭和、そして平成を教師として生き、その端くれとして、いろいろなことを教えてきた。教えることが仕事であり、義務であった。しかし、わが子らに対してその義務を果たしたかと訊かれれば、答えは否である。

「親としての義務を果たす」、それはわたし流に解釈すれば、自分の生きてきた人生を語り伝えることでなければならない。そのためにいまの自分にできることは「自分史を書く」こと以外にはないと、いつかわたしは深く確信するようになっていた。

息子たちは現在、父親の取るに足らぬ人生などに興味をもつ暇はないかもしれない。それでも、いずれ彼らも老境を迎え、親を失うであろう。そして自分の歩んできた人生を振り返るとともに、亡き親の人生を知りたいと思うときが来ないとはかぎらない。いや、わたしの経験に照らせば、かならず来るはずである。そのうえ、わたしが自分の祖父母について知りたいと思ったように、わたしの孫たちもきっとそう思うにちがいない。その日のために、わたしは自分の人生をたとえ拙いものであっても、一冊の書としてまとめ、家族に残しておきたい。

さらに「望むらくは、わが教え子たちの目にも触れんことを」である。彼らにも、かつて教壇の向こう側に隠されていたわたしの素顔を見てもらいたい。本音の声を聞いてもらいたい。そう願うのは、望蜀のそしりを受けることになろうか。

《幼少年時代》

セピア色の久居の町

平成二十年の春のことである。その日の夕刊は、津市の目抜き通りで陸上自衛隊の行ったパレードを報じていた。

記事には、四月二十六日、久居駐屯地の陸上自衛隊は創設百周年の記念行事を行ったとある。自衛隊が創設されたのは、戦後数年たってからだから、百年前というのは明治四十一年のことである。この年、旧帝国陸軍が久居に部隊を駐屯させたという。

パレードを見た津市の人びとのなかには、賛否両論が渦巻き、歓迎ムードに酔いしれる人もいれば、抗議行動に走る人もいたという。そして記事の下には、戦車を先頭に堂々と行進する自衛隊員の写真が掲げられてあった。

しかしわたしの目はそれではなく、その横に小さく添えられた写真にくぎ付けになっていた。昭和初期の久居の町通りであった。

そのセピア色の写真を眺めているうちに、いつしかわたしは遙か遠いむかしにタイム・スリップしていた。それは、記憶と忘却がせめぎ合い、意識と無意識がかさなり合う、茫漠たる幼児の世界であった――。

その街並みは記憶の底にあった。黒くうごめく人影が群れをなし、明々とした提灯の列がはるか天空の暗闇に消えるまで続いている。しばしば夢にも現れたその原風景が、皇太子（現上皇）誕生の祝賀行事であったことは後年知った。

この町のたたずまいには、もうひとつの追憶の図がある。長くつづく家並みを大声で泣き叫びながら、わたしは父のこぐ自転車の荷台に乗せられて医者へ運ばれていくのである。左肩が脱臼したのだ。その原因は、家の中で父がわたしの両手を握ってハンマー投げのように振り回して遊んでくれたことによる。

だが、町角を曲がったはずみでわたしの肩が父の背中にぶつかると、腕は元に収まり、わたしは泣きやんだ。父はそのまま引き返したというが、おかげで医者代が助かったと、笑いながら繰り返し話してくれた母のおかげで、わたしの回想はいまだに新鮮さを保っている。

泣き叫んだ思い出には、もっと激しいのがあった。となりの二、三歳年下の男の子と遊んでいたときだった。なぜだか知らないが、わたしは左の頬をガラスの破片で切られた。親が詫びをいれに飛んできたようだが、わたしはただ、ただ泣きつづけていたようである。五センチばかりの傷跡は、中学に入る頃まで消えなかった——。

「久居の町はなつかしいでしょうね」

写真に見入って思い出にふけっているわたしに、かたわらの妻が話しかけてきた。

「——うん、そうだよ。生まれ育ったところだから——」

昭和四年、わたしは三重県の久居で生まれ、小学校に入るまでそこで育てられた。家族は当時、両親と三歳上の兄とわたしであった。

守山（現名古屋市守山区）にあった陸軍歩兵第三十三連隊が久居へ移駐したのは、大正十四年である。連隊とともに、一家は久居へ引っ越し、そこに居を構えた。

父は職業軍人、位は下士官。そこの騎兵隊に属し、分隊に騎馬の訓練を授ける教官であった。父の俸給がいくらだったかは知らないが、下士官の身、それほど多いはずはなかったと思われる。それでも、後年、物置の中に「金百円也」と記された賞与の袋を発見したことがあるし、また貧乏学生だった叔父が父に金の無心をしている手紙を何通か見つけたことがあることも考えると、当時の職業軍人の暮らしはまずまずのものではなかったかと思う。

そういえば、犬のマークでお馴染みの蓄音機があったことを思い出す。昭和初期、出まわったばかりの蓄音機は六十円ほどしていたが、父はいち早く購入し、同僚や部下を呼んでは軍歌や詩吟、浪花節などを聞かせていたようである。

もうひとつの父の趣味は囲碁であった。同じ碁好きの仲間を連れてきて深夜まで打っていたらしく、よく母の苦情を聞かされたものである。新しもの好きなことや囲碁に熱中するわたしの性格は、父ゆずりかもしれない。

しかし、体力は父に似ず、わたしはひ弱であった。左肩の脱臼はそのあと習慣になったようで、なんども繰り返した。また、よく病気もした。いちばん重い病気は、一家が久居から春日井（現愛知県春日井市春日井町）に転居し、わたしが小学校へ入学する前のことであった。母の語るところによれば、疫痢にかかり、四十度の熱が何日も続いたらしい。両親はもうこの子はダメだと、あきらめたという。なんとか持ち直し、小学校は一、二か月遅れて入学したことを憶えている。

昭和九年、祖父が亡くなった。翌十年、父は実家の農業を継ぐために騎兵隊を辞め、祖母の待つ春日井に転居したのである。

こうして、牧歌的だった久居での幼児期は終わりを告げた。

危険な遊び三題

暗渠くぐり

夏の訪れとともに、毎日のように水の事故がテレビや新聞を賑わしている。幼い命が失われるニュースに接するたび、わたしは子どもたちの危険な行動に心を痛めているが、同時にわたし自身の同じような無鉄砲な体験を思い出し、よくぞ生き延びてこられたな、という思いに駆られるのである。

たぶん、小学二年か、三年の頃だったと思う。学校へ通う道の途中に三叉路があって、そこから少し坂を上ったところに、小さな暗渠があった。それは、幅一メートルほどの農業用水路が当時バスやトラックの通っていた道路の下をU字型にくぐり抜け、向こう側に流れ出るという、かなり大がかりな構造になっていた。

夏休みになると村の子どもたちが集まり、その暗渠にもぐって道路の向こう側に顔を出すという遊びをしていた。

ときどき、そこへ出かけてはみたものの、わたしは彼らから少し離れた場所で、ただその遊びを眺めるだけであった。潜ってから出るまで、ほんの十秒足らずの時間だが、途中で何かに引っかかって出られなくなったらどうしよう、それまで息が持たなかったら溺れ死ぬのではないか、そんな思いが胸を駆けめぐり、どうしても自分でやってみる勇気が出なかったのだ。

そんなある日、悪童連中の一人が言った。

「お前、いつも見てるだけか、弱虫！　やってみろよ」

子どもは友だちの言葉には弱いもの。いやだとは言えず、四、五人並んだ列に入って順番を待った。たぶん平気を装っていただろうが、胸の鼓動はすぐ前の子に聞こえはしないかと思われるほど高鳴っていた。

いよいよ自分の番になった。四角い暗渠の口は不気味な渦を巻いていた。恐る恐る足を入れ、身体を沈めた。水が勢いよく下へ流れ落ちるのが肌で分かった。つかまっていた手を離すと、アッという間に吸い込まれた。次の瞬間、足が土管の曲がり角に突き当たったかと思うと、身体が自然に暗渠の形に合わせてL字形に曲がり、続いてもう一度折れ曲がると、勢いよく水面に足から飛び出た。一瞬のことであった。なーんだ、こんな簡単なことだったのかと思った。

その後、間もなくだったと思う。暗渠くぐりは危険ということで、学校からは禁止令が出された。そして暗渠の口には金網が張られ、上からは蓋がされた。事故があったという話は聞いていないが、あんな危険な遊びをよくやったものだと思う。

飛び込み

やはり、その頃のことであった。わたしの家の近くで、のちに小牧飛行場(現名古屋飛行場)になったあたりには、釣りや水泳のできる川や水路がいくつもあって、よく泳ぎに行ったものである。

わたしは、泳ぎには自信があったが、飛び込みが下手であった。三つ歳上の兄は飛び込みがうまかった。頭を下に下げ、斜めになって飛び込んでいく。まるで、舞い上がったトビウオが水面に着水するときの姿のように美しかった。

ところが、わたしときたらいつも水面に平行にしか飛び込めない。頭から突っ込むことが怖いのだ。だから、いつも土手につかまって足から入って泳ぐので、いつまでたっても飛び込みはうまくならない。

それでも、悪童連中にそそのかされて、ときには土手から飛び込むことがある。すると、かならず腹を打ってしまう。水の表面張力は強く、腹は平手で思いっきり叩かれたときのように痛い。だがそれよりもイヤだったのは、格好が悪いことだ。まるでヒラメがぺたりと水面に貼りつくように飛び込む。すると、川面はパシャッと大きな水しぶきをあげる。

ある日、兄が言った。

「下手だなあ、お前——。思いっ切り、逆さまになって飛び込め」

子どもながら、意地があった。死ぬる思いで頭から飛び込んだ。川はヘソぐらいの深さだったが、そこへほとんど垂直に飛び込んだのだからたまったものではない。頭がグワッと音を立てたように感じた。痛いのなんの、身体中がしびれ、もう駄目かと思ったほどだった。それでも、立ち上がって土手に這い上がった。

頭には大きな瘤ができていたが、出血はなく、また首にも異常はなかった。幸いなことに土手が低かったことと、ビビりながら飛び込んだからよかったものの、もう少し高いところから勢いよく飛び込んでいたら、わたしの命はそこで終わっていただろうと思う。いま思い出しても、ぞっとする出来事だった。

ロケット花火

子どもの頃、現在の名鉄小牧線の春日井駅前には酒屋を兼ねた雑貨屋があって、花火を売っていた。母から一銭か二銭をもらうと、線香花火を買いによく行ったものであった。

買ってきた線香花火を庭先に持ちだし、マッチで火をつける。初めは、勢いよく左右にパチパチと傘を描くように火花を散らしているが、やがて火勢が衰えると、シュッ、シュッという静かな物音に変わり、最後はコメ粒大の火の球となって、ポトリと落ちる。あたりは暗闇に包まれる。すると子ども心にも、もの哀しい、やり切れない気分に襲われる。

小学三、四年の頃だったと記憶している。あるとき、名古屋市西区の浄心に住んでいた伯母が遊びに来た。母とは三つ違いの、仲良しの姉である。箱詰めの花火を土産にもらった。開けてみると、線香花火のほか、地面にぶつけると破裂するカンシャク玉、くるくる回るネズミ花火、火をつけると蛇のように燃えカスが伸びていくヘビ花火など、とりわけ嬉しかったのは、筒状の打ち上げ式花火が何本も入っていたことであった。

筒を上に向けると、噴き出す火の粉が枝垂れ柳のように舞い降りる優雅なものもあった。なかでも爽快なのは、ロケット花火。空へ向けて発射させると十数メートル飛んで破裂する。夢中になった。

友だちに見せたくて、近所の仲間を二人呼び出した。自慢はロケット花火だ。マッチで筒の先端に火を付けた。片手に持って、空高く右手を挙げた。ところが、なかなか発射しない。

「おかしい。火薬が湿っとるぞ」と一人がいう。

「中が空っぽやないか」ともう一人がいう。

「そうか?」

わたしは筒の中を覗いてみた。たしかに、火薬は詰まっている。

「でも変だぞ。もう一度火をつけよか」

そういって、顔を筒から離したとたん、筒は火を噴いた。火の玉は、耳をかすめて空高く舞い上がった。

「ヒイャー」友だちの一人は悲鳴を上げた。おそらく、わたしの顔も恐怖で引きつっていただろう。もう一秒遅かったら、わたしの眼球はつぶれているところだ。それ以来、当分の間、わたしは花火に手を触れることができなかった。

《旧制中学時代》

大日本帝国が敗れる

昭和二十年八月十五日の敗戦の日、わたしは愛知県小牧中学校の四年生であった。

不思議なことに、わたしはこの日のことをよく憶えていない。通常であれば、いつものように、現在の岩倉市にあった勤労動員先の橋本工場に出かけていたはずである。しかし、そこで終戦の詔勅を聞いた憶えはない。ならば、その日は風邪か何かで休んで家にいたのだろうか。実際、その頃ひ弱なわたしはよく学校や工場を休んだものであったが――。いずれにしても、八月十五日は、記憶の中で空白のままである。

だから、いつ、どこで、どのようにして日本の敗戦を知ったのかも、定かではない。敗戦のショックで、回想のメカニズムが破壊されたというのか。それとも忌まわしい事件として、潜在意識が忘却の淵に封印してしまったのだろうか。

不思議といえば、それに続く日々も実に奇妙であった。わたしには日本が敗れたという事実がどうしても信じられなかった。それまでの感覚からすれば、敗戦とともに大日本帝国という壮大な構築物は一大音響とともに崩れ落ち、地上から消滅するはずであった。しかし、何の異変も起こらず、昼は太陽がさんさんと輝き、夜はものみな静寂の中にあった。

九月になり、学校が再開した。軍関係の学校へ行っていた生徒たちがもどってきた。よれよれの学生服を着たわれわれの前を、予科練帰りの生徒は新しい軍服姿でさっそうと歩いた。一年か半年の軍事教育が彼らをまったく別人に変えていた。御真影が納められた奉安殿の前へ来ると、直立不動で挙手の礼をした。「恰好をつけるなよ」と悪童連は陰口をきいたが、彼らに面と向かってそれを言える者はいなかった。

やがて、授業では教科書のあちこちを墨で消す作業がはじまった。

「いいかね、今からいう箇所を墨で消すのだ。だがこれは、占領軍の命令でするのだから、誤解しないように。これまで私の教えてきたことは間違っていない。君たちも間違っていない。大東亜戦争は絶対に正しかった」

ある歴史教師は、声を詰まらせながら言った。筆をもつわたしの手も、感きわまってふるえた。その教師を尊敬の眼で見つめ、大日本帝国は不滅だと心につぶやいた——。

それから何か月経ったであろうか。ある日、墨を塗らせた同じ教師は淡々と語った。

「日本は大きな間違いをした。これからは民主主義の世の中になる。日支事変は侵略戦争だった。東條首相は戦争犯罪者だ。われわれも軍部にだまされていた。太平洋戦争で戦死した人たちは犬死にだった」

いまだ覚めやらぬ「鬼畜米英」「忠君愛国」の精神構造の中に、突如、戦後民主主義の思想と極東裁判の価値観が注入されたのである。まさに、青天の霹靂であった。

サイパン島玉砕後日談

昭和二十年九月二日、ミズーリ艦上で降伏文書の調印があった。重光葵外相《まもる》らが降伏文書に署名し、この日をもって戦争は正式に終わったとされたのだ。

奇しくも同じ日、学校では授業が再開され、生徒たちは長らく遠ざかっていた教室に戻った。わたしはある種の感動をもって、教室を見回したことを記憶している。

十月、戦争が終わったことを自らの体験として、実感する出来事があった。

それはまず、戦争末期の昭和十九年の初春、父の弟である重三郎叔父に赤紙が来たときのことから話は始まる。それまで奈良に住んでいた叔父は、すぐさまそこを引き払い、わたしの実家に近い親戚の家に寄寓。当日は本籍地であるわが家から出征することになった。

出征の前夜、何を思ったのか、叔父は持っていた日本刀をわたしに握らせ、

「親孝行して、家を守るように」といった。

四十歳を過ぎてから招集された大学卒の叔父は、にわか仕立ての新米陸軍少尉として金ぴかの軍服に身を固め、多くの人に見送られつつ出征していった。そのときの叔父の言葉と、日本刀のズシリとした重みは、いつまでもわたしの心に残っていた。

それから半年足らずの七月、サイパン島の日本兵が玉砕したというニュースが流れた。日本軍が本土防衛の拠点としていたサイパン島は、その一か月前に上陸した米軍によってあっという間

に全島を制覇され、陥落させられたのだ。

叔父の戦死公報が入ったのは、それからさらに半年ぐらい後であったろうか。サイパン島で玉砕した軍の中に、叔父の属する陸軍第四十三師団が含まれているとの噂は、やはり本当だったのだ。名誉の戦死ということで、叔父の葬儀はわが家で盛大に営まれた。遺族となった娘三人とまだあどけない男の子一人を連れた叔母の姿が痛々しく、参列者の涙を誘った。

だが、そのとき、やがて訪れた驚天動地の出来事を誰が予想したであろう。

八月十五日の終戦、そして失意の日々が二か月ほど過ぎた――。

十月のある日、役場から人が訪ねてきた。応対した母は言葉を失い、取るものも取りあえず叔母の寓居へ走った。

「重三郎さんが生きてらした！」

その夜、叔母はわが家で深夜まで両親と話し込んでいた。ときどき、興奮した叔母の声がわたしの寝間にまで届き、なかなか寝つかれなかったのを憶えている。

重三郎叔父の姿を実際に目にしたのは、それから数日後のことであった。よれよれのカーキ色の軍服と戦闘帽に身を包んだ叔父は、ひっそりと庭先に立ち、色づいた柿の実を無言のまま眺めていた。

叔父生還の報せはたちまち村中に行きわたり、多くの人が駆けつけた。聞けば、米軍の捕虜になっていた叔父は、元英語教師の特技を買われ、米軍の通訳をしていたという。その苦労話を聞いて、村人たちは叔父の労をねぎらっていた。

だが、わたしの気持ちは複雑であった。一方では叔父の生還を喜んだものの、もう一方では何となく率直に喜べないものを感じていた。「生きて虜囚の辱めを受けず」の軍人精神はまだわたしの意識下に残存していたのだ。多くの部下を死なせて、ひとりおめおめと帰ってくるとは――。そしてこともあろうに敵方に協力していたとは――。

その気持ちを察してか、叔父はわたしにサイパン島の思い出を一切語ろうとしなかった。またわたしの方にも、あえて尋ねる気はなかった。いま思えば、若気の至りとでもいうのだろうか。叔父の苦しかったであろう胸の内を理解し、受け入れるだけのゆとりがわたしにはなかったのだ。

後年、叔母から間接的に聞いた話では、サイパン島上空を飛行機で旋回中、叔父の乗った飛行機は米軍機の攻撃を受け、海上に墜落した。何人かが海の藻屑と消えたが、たまたま機の出口付近にいた叔父は運よく脱出、近くの浮遊物に掴まり、海上を漂流した。ほとんど無感覚になり、気がつくと海岸にうち寄せられていた。あとで知ったところでは、そこはロタ島で、駐屯していた何人かの日本兵に救助された。高熱を発し、何日も死線をさまよった末、奇跡的に一命をとりとめたという。

ロタ島にいた二百人ほどの日本兵は玉砕を免れ、米軍の捕虜となり、やがて日本へ帰還していた。叔父もその一人であった。

こうして叔父の生還は、戦死した人が生きていたり、無事帰還するはずの人が戦死していたりする戦後の混乱した世相の一事件として、中学四年生のわたしの記憶に残っている。

荒川惣兵衛先生のこと

昭和二十年から二十一年にかけて、物資や食料の不足は極限に達し、米よこせデモ、闇屋の横行など、世間は物情騒然としていた。新聞は、特攻帰りの青年たちの非行や犯罪を報じていた。学校も荒れ、教師の権威は地に落ちていた。明日にでも革命が起こるかもしれぬと、扇動する政党もあった。

世の中の混乱もさることながら、教育現場で与えられる新しい知識や思想も混沌を極め、わたしの中の意識の坩堝《るつぼ》は、それに反応する複雑な感情で煮えたぎっていた。

つい数か月前まで軍国主義思想を叩き込んだ教師が、いまは民主主義を唱えている。その、木に竹を接いだような教師の態度はまことにウソっぽく、それだけに初めは滑稽感すら覚えたが、しかしそれは次第に拭いがたい不信感に変わっていった。

〈何ということだ。国のために殉じよと、何人もの生徒を「陸士」や「予科練」へ送ったのは、昨日のことではなかったか。その舌の根も乾かぬうちに、前言をひるがえすとは――〉

教師たちが恥じ入る風情もなく、平然と生きながらえていること自体が、わたしには解せなかったし、許せなかった。せめて前非を悔いて潔く職を辞する教師の一人ぐらいはいてもいいのではないかと思った。

だが、いきり立つ思いは人を盲目にするものである。実はこのとき、一人の誠実な教師がひそかに校門を去っていたことをわたしは知らなかった。

その人の名は荒川惣兵衛。あの有名な『角川外来語辞典』の著者である。荒川先生は敗戦の翌月の九月、生徒たちには何事も告げず、われわれの前から姿を消した。その月は、校長を始め何人かの教師が転任したが、わたしたちはその中の一人ぐらいにしか考えていなかった。しかし、荒川先生は自分の生き方を精算するかのように、それまで執っていた教鞭を投げ捨て、慣れないクワを手に農耕作業で糊口をしのぐかたわら、外来語の研究を再開していたのであった。

そのことを知らされたのは何年も後であったが、そのとき〈やっぱり、そうだったのか〉と、一種の感慨を込めてわたしは中学時代を回想したものであった。

敗戦の一年前、中学三年のわれわれは勤労動員の合間を縫っては学校に帰り、変則の授業を受けていた。ときどき教わった合併教室に、恐ろしく毛色の変わった英語教師がいた。騒ぐとすぐに鞭が飛んできた。それが若き日の荒川先生であった。

「お前たち、英語をバカにしちゃいかんぞ。国は英語を使わんように指導しとるが、大間違いだ。そんなことでこの戦争に勝てるはずはない」

「日本は負ける」と断言するこの奇妙な英語教師の授業を、国粋主義に固まり、英語嫌いの生徒たちがおとなしく聞くはずはない。教室はますます騒がしくなるだけである。「惣兵衛はスパイだ」と陰口を叩く者もいた。

その頃、英語は敵性語として排斥され、多くの英語教師はにわか仕立ての国語や数学の教師になっていたが、荒川先生は数少ない英語教師として初志を翻さなかった。

ある日、見かねたクラス担任が注意した。

「君たちは荒川先生の授業に騒ぐらしいが、もっと真面目に授業を受けろ。荒川先生は外来語の権威者で、中学生にはもったいないほどエライ先生なんだから――」

昭和十六年、荒川先生は冨山房から『外来語辞典』を出版し、当時の英語学会の権威である「岡倉由三郎賞」を授与されている。後年、前述した『角川外来語辞典』として結実する辞典の前身である。

それに先立つこと十年以上の昭和三年、先生は早くも処女作『日本語になった英語』を出版している。以来、外来語を集めることでヨーロッパ文化を深く研究してきたこの学究の徒には、太平洋戦争の無謀とその行く末がハッキリと見えていたに違いない。

時は移り平成七年、荒川先生は九十六歳で天寿を全うした。その訃報に接して心に浮かんだのは、あの敗戦直後の進退の見事さをもっと早く知っていたら、わたしを苦しめ、わたしの人生を大きく左右したあの教師不信と虚無主義を、ひょっとすると経験せずにすんだかもしれないということであった。そうすれば、その後のわたしの生き方も別のものになっていたかもしれないのである。

くすぶる教師不信

昭和二十一年は、昭和天皇の詔書、いわゆる「人間宣言」からはじまった。この年、四月には女性が参政権を得て初めての総選挙が行われ、十一月には新憲法の公布。世は挙げて民主主義の時代を謳歌していた。

学校も次第に落ち着きを取りもどしつつあった。導入された民主主義教育は占領軍からの指令にもとづくものであったにせよ、教師と生徒の〈相互信頼〉や〈話し合い〉などという言葉が盛んに教師たちの口に上った。しかし、それを説く教師の態度には付け焼き刃のぎこちなさが目立ち、むしろ往年の権威をいかに維持するかに腐心しているような気配さえ見受けられた。

一学期のある日、クラスで討論会が開かれた。論題はたしか「教師と生徒の関係」についてだったように思う。討論会といっても、担任の教師が司会をし、順番に意見を述べるだけのものであったが、初めて与えられた発言の機会にクラスの者はみな緊張し、興奮した。わたしはそこで初めて、おそるおそる教師批判というよりは教師への注文を出した。

「先生は生徒に、これからは何でも質問したり相談したりせよと言われますが、まだ先生と生徒の間には壁や溝があって、なかなか近づきがたいのです。なかには殴る先生もいます。この前、ぼくも殴られました」

何人かの笑い声が聞こえた。

「まず、先生の方からそんな態度を改め、生徒に近づき易い関係をつくってください」

「もっと言え」と、声援が飛んだ。

実はつい一か月ほど前のこと、わたしはある国語教師にひどく殴られた。その日、校門を入るとちょうど鐘が鳴っていて、生徒たちはぞろぞろと校庭に集まっている。朝礼が始まろうとしていた。カバンを教室に置きにいこうとして下駄箱へ急いだ。靴を脱ごうとしたが、あいにく軍隊払い下げの半長靴を履いていて、紐を解かないと簡単には脱げない。そんなことをしていたら点呼に間に合わない。ままよ、とばかり靴履きのまま廊下を教室まで走って往復し、運動場にいるクラスの最後列に並んだ。やっと間に合った。だが、ひと安心は束の間であった。

「お前だろう！　さっきその靴で廊下を走ったのはっ！」

いつの間にか、見まわりの週番教師が目の前にいた。

「ハイ」

「馬鹿もん！」

いきなり平手打ちをくらい、目がくらんだ。

この教師は、戦時中は剣道教師を兼ねていたが、戦後はもっぱら国語だけを教えていた。目つきの鋭い、見るからに陰険そうな顔つきをし、いつまでもネチネチと皮肉と嫌味を交えながら説教する様は、まるでネズミをいたぶるネコを思わせた。

民主化されたはずの学校には、この教師のように、いまだに戦時中の暴力的気質を残している者もいた。こんな教師よりスパルタ教育をもって鳴らした元配属将校のほうがまだましではないかと思うと、いまは事務室でひっそりと書類の整理に当たっているそのM老中尉のことが偲ばれた。

M中尉に初めて出会ったのは、一年生の夏の水泳の時間であった。子どもの頃から家の近くを流れる用水でよく水遊びをしたお陰で、泳ぎはかなりできたからよかったが、泳ぎの下手な者や金槌はそれこそ悲劇であった。泳ぎ方の指導など、あったものではない。水の中に放りこんで、犬かきでも何でもいいからとにかく「浮いていることを覚えろ」式の、精神主義丸出しの指導法であった。途中、足で立ったり、側壁に掴まったりしたら、M中尉が飛んできて、手に持つ竹刀がうなった。この鬼中尉恐さにみな必死に頑張ったせいで、その夏の終わりには多くの者が八百メートルを完泳できた。

さらに、三年生になると軍事教練の時間が待っていた。鬼中尉のしごきのすごさは水泳の比ではなかった。生徒が鼻血を出すのは日常茶飯事、あるものは銃剣道の時間に木銃で突き倒され人事不省におちいったし、わたしも一度、〈気を付け〉の姿勢が悪いといって手の甲をサーベルで殴られ、一週間腫れが引かなかったことがある。

しかし不思議なことに、この中尉にはどこか憎めないところがあって、体罰の激しさにもかかわらず、恨みに思う者は少なかった。戦後、前非を悔いてか、生徒の前には一切姿を見せなかったその態度も潔く、むしろすがすがしくさえあった。

さて、暴力教師についての余談はこれぐらいにして話をクラス討論会に戻すことにする。

討論会の司会をしていた担任はわたしを教室に残した。

「きみは先生たちを恨んでいるかね」

担任の声はやさしかった。このG先生は日本史を教えていたが、歴史教師には珍しく訓話や説教の少ない人であった。その紳士的態度は戦前も戦後も変わることなく、それだけに生徒たちからは信頼を得ていたのである。

「いや、恨んでいません。ただ先生方のなかには、戦前は戦争のためといい、戦後は平和が大切と説かれ、その言葉の裏で暴力を振るう人もいます。矛盾していませんか――」

G先生は黙って聞いていたが、やがて一言、「ところで勉強はしているかね」と言った。

突如、わたしはG先生がわたしを残した真意を悟った。――そうだ、こんなことはしておれない。くすぶる教師不信のために勉強に身が入らなかったら、損をするのは自分だけだ――。

気がつけば、受験が目前に迫っていたのである。

単語帳を抱いて眠る

旧制中学から進学できる旧制の高等学校や専門学校は、空前の狭き門となっていた。それまであった軍関係の学校はもはや存在しなかったし、その軍関係の学校から復員してきた生徒が入学先を求めて大挙押し寄せていたからである。

一方、わたしを含めて中学生たちの学力は地に落ちていた。荒川惣兵衛先生の期待も空しく、英語を放棄していたわれわれには、ラジオから流れてくるカムカム小父《おじ》さんこと平川唯一さんの英会話すらむつかしかった。数学にいたっては公式などほとんど忘れていた。二年に近い勉強のブランクが大きく響いていたのだ。

その中で、一頭地を抜いていたのは「陸士」や「海兵」帰りの生徒たちであった。将校予備軍としてのエリート教育を受けていた彼らは、とくに語学力や数学力に長けていた。フランス語やロシア語の知識を披露する彼らに、学業を放棄していた勤労動員組は羨望と劣等感の入り混じった感情を抱きながらも、ひそかに対抗心も燃やしたものであった。

それはともかく、わたしには難問がもう一つあった。進路先を理系にするか文系にするかの選択であった。苦渋のすえ、わたしは文系を選んだ、というより選ばされたのである。

生まれつき赤緑色弱であったわたしはすでに中学一年のとき、受験した幼年学校を色弱検査で落とされていた。当時、色弱はほとんどの理系の学校から閉め出され、担任教師の勧めるまま文系を選ばざるを得なかった。本当は、数学は好きな科目であったし、生来物づくりの工学系が性にあっていると思っていたのだが——。

文系を選んだからには、数学は思い切って捨てることにした。国語は、勤労動員中にも読みふけった改造社版『現代日本文学全集』のお陰で、何とかものになっていた。

残るは英語である。だが、これが難物であった。読解力というものは、長文をじっくり読むことで養成されるものだが、われわれにはその余裕はなかった。速成法として文法と単語で間に合わせる以外になかった。幸い、中学一年のとき習った英語の先生の勧めにしたがって、辞書で調べた単語には赤鉛筆で線を引く習慣だけは身につけていた。収容語数約一万の辞典のなかで、赤線を引いた単語は二千語ぐらいになっていた。

だが、受験には英単語が五千語は必要といい、不足は三千語。そこで、新たに購入した『英単語五千語集』を手に持って寝床の中にもぐり込み、眠る前の一時間を暗記に費やした。しかし、単調な単語学習は三十分もすると眠気を誘い、気がつくと単語帳を抱いたまま朝が来ていた。いま思えば、よくも根気強く続けたものとわれながら哀れを催すが、その甲斐あってか、受験前には何とか五千語をマスターすることができた。

昭和二十二年三月、数学を捨てていた者が通るはずもなかった一期校の第八高等学校（現名古屋大学の前身校のひとつ）を受験した。万が一の僥倖をたのんだが、ものの見事に失敗。気の進まぬまま受験した二期校の名古屋経済専門学校（現名古屋大学経済学部）には、五人の同級生と一緒に運よくパスした。

さすがに合格は嬉しく、折しも満開の桜を級友たちと愛でながら、束の間の幸福に酔いしれた。その来るべき専門学校時代がわが生涯最悪の三か年になろうとは、つゆ知らず——。

《高専・大学時代》

名経専に入ったけれど……

昭和二十二年四月、略称「名経専」、正式名称「名古屋経済専門学校」に入学。だが正直に言って、ここでの思い出は少ない。この学校には馴染めないまま、二十五年三月に卒業している。

なぜ名経専か、と問われれば、そこしか行くところがなかった、としか言いようがない。すでに赤緑色弱で、理系は断念せざるを得なかったし、その当時、中学を終えてから進学できる文系の学校は、あまりに数が少なすぎた。

当時はまだ、戦時中の理系優遇政策の影響が残っていて、愛知県内の国公立文系の学校は四つしかなかった。名経専のほか、八高（第八高等学校）、岡崎高師（岡崎高等師範学校）、一師（第一師範学校）である。私学では、二十一年に開校した南山外国語専門学校があり、とりあえずそこはスベリ止めとして確保した。東京の有名私学に行くには、家庭の経済力が許さなかったし、学校の教師に激しい不信感を抱いているわたしには、岡崎高師や一師も論外であった。だから、八高を失敗したからには、名経専しか残されていなかったのである。

それでも、最初の一年は新しい環境のせいもあって、学校生活自体には満足した。とくに、中学と違って、教授たちが学生を一人前の紳士として扱ってくれたことが嬉しかった。英文講読、古典、倫理などの一般教養科目に興味を持った。だが二年生になって専門教科が始まると、講義が次第に面白くなくなっていった。とくに、経済原論や経営学概論はまだしも、会計、簿記、統計などの技術科目はまことに無味乾燥、この学校へ来たことをあらためて後悔しはじめていた。

一方、学友たちの多くは、未来の経営者かエリートサラリーマンを目指して入学してきた者で、学校の与える授業に満足し、それなりに勉強に励んでいた。そんな彼らの屈託のない明るさに溶け込むことができず、しだいに彼らからも離れていった。

嫌いな講義はよくサボり、図書館に入りびたった。読書は自分の目を新しい世界へとみちびいてくれた。青春の三大バイブルといわれた『三太郎の日記』『善の研究』『出家とその弟子』などをはじめ『若きヴェルテルの悩み』など、若者の悩みをあつかった文学書や思想書を読みあさった。

私小説では、白樺派などの調和型より葛西善蔵などの破滅型の作家たちに惹かれた。当時の流行作家では、徹底的に堕落することにしか再生の道は無いと説いた坂口安吾の「堕落論」にのめり込み、挫折体験を生々しくつづった太宰治の「人間失格」に感動し、その主人公に自分を擬したりした。

昭和二十三年の初夏、その太宰治が玉川上水での入水心中をしたとき、わたしは同じ太宰ファンであった友人と一晩飲み明かした。彼の死は他人事《ひとごと》ではなかった。

そして、わたしはますます乱れた生活を送るようになっていた。昼は、アルバイトで商社に雇われて機材の運び屋などをした。夜は、学生生活に不満を持つ不良学生たちの寮や下宿に泊まり込み、人生論や女性論を戦わせたりした。アルバイトでせっかく稼いだ金は、彼らと飲み明かす酒代か、または屋台であおるドブロク代に消えた。

その頃の友人の一人に、中学時代からのクラスメートがいた。名古屋から遠い岡崎高師で教師になる道を進んでいた彼とは、ときどき飲み屋で会って旧交を温める仲であった。彼は幼年学校から復員してきた元軍国少年であったが、酔うと必ず口癖のように「一度は天皇に命を預けた者が、どうしてこんないい加減な戦後を生きていけるか」と、くだを巻いたものだ。

多感な秀才にとっては、敗戦の体験はあまりに大きかったのであろう。ちなみに、彼は在学中の学校で学業を放棄して遊蕩三昧、ついには一年留年したという経歴の持ち主であった。

同じ人間不信を共有しながらも、一年を棒に振るほどに「堕落論」に徹しきれなかったわたしは、ただ彼を羨望の目で見るしかなかった。

学生失格の烙印

わたしの中では、二つの自我が角逐していた。ともすれば悔い改め、善良な学生にもどろうとする弱い自我と、そうしてはならぬと叱咤激励するもう一つの強い自我との、飽くことなき格闘であった。

「弱い自我」には、小学生時代に担任の先生などから期待された思い出や、苦しい生活をやり繰りし、学費を工面してくれる両親への申し訳なさがつきまとった。

「強い自我」には、敗戦のトラウマからアイデンティティーを失った「焼け跡闇市派」の必死の自己主張と、輸入デモクラシーの不条理を暴かんとする気負いとが同居していた。

どちらの自分を選ぶのが正しいのか。しかしどちらかを選べばどちらかを捨てなければならない。わたしにはどちらも捨てるに忍びなかった。では、両方の自分を活かす道はないか。だがそうすれば、二つの自分の狭間で永久に悩むことになる。それでいいのか。

何日も考えた。考えあぐねた末の結論は、それでいい、というものであった。悩むことこそ自分の求めていたもの、それこそ真実の生き方というものではないだろうか——。

そしていつの間にか、わたしは自分の感じたことや悩んだことを、紙の上に書きつづることが将来の自分の仕事にならないものかと考えはじめていた。その表れといえるかどうか、同年の暮れ、新聞部の友人に勧められるままに、生まれて初めて小説を書き、学校新聞に発表した。深刻さにはほど遠い内容のものであったが、思いのほか評判がよく、自分でも文才があるのかな、と一瞬浮かれ気分を味わったものである。

だが、それも束の間、きびしい現実が襲った——。就職試験である。学生の多くはこぞって会社を受験し、次々と合格、有終の美を飾りつつあった。校内の雰囲気に呑まれ、わたしはある精糖会社に願書を出した。一週間後、書類選考で不合格となった。臆することなく、今度はある造船会社に挑戦した。だがこれもまた、一次試験で不合格となった。

二度とも、書類選考で不合格になるとは！　いったい何が原因か？　しかし、わたしの疑問はすぐに氷解した。二度目に届いた不合格通知の中に、学校の作成した成績証明書があった。この三年間、一度も見たことのない成績表——おそるおそる開いてみて、愕然とした。なんと「優」は英語だけ、あと「良」が二つ、残り二十数科目はすべて「可」と「不可」であった。最低の成績である。これでは受かるわけはないと納得したものの、無性に腹立たしかった。しかしそれは自業自得と諦めるしかなかった。

その夜、この親不孝な息子は何も知らない両親に、就職試験にはすべて落っこちたことを話し、自分の覚悟を披瀝した。

「このままでは自分の将来はない。もう一度、勉強をやり直すために学校へ行きたい。授業料はアルバイトで稼ぐから、食わせるだけ食わせてほしい——」と。

名古屋大学入学、そして二足のわらじ

昭和二十五年四月、名古屋大学文学部英文科に入学した。昭和区の鶴舞公園の公会堂で行われた入学式では、勝沼精蔵総長の祝辞や代表者の宣誓があった。聞きながら、自堕落に送った名経専での三年間を思い出し、その轍は二度と踏むまいと心に誓っていた。

旧帝国大学の伝統を引き継ぐ名古屋大学は、その年、旧学制のまま文学部を創設し、三年目になっていた。新制大学に切り替わる一年前であり、われわれは旧学制最後の大学生として入学したのである。

名古屋大学の募集要項には、文学部英文科の入試科目は英語と論文だけとあった。前年末、名経専で就職試験に失敗し、急遽進学に転向したわたしには、これはありがたかった。これなら、自分でも合格できるかもしれないと思って、受験することに決めたのである。

だが、英語は自信があっても論文は不安である。そこで、とにかく受験準備をしなくてはと、図書館通いをはじめた。論文といっても、各論ではなく総論であろうと見当をつけ、二十世紀文学、英文学と日本文学、文学と人生、文学と芸術、文学と歴史などのテーマを自分で設け、構想をめぐらせながら勉強した。運よく、出題されたテーマは「文学と人生」だった。山かけはまんまと当たった。

講義がはじまった。当時、名古屋大学の文学部は、名古屋城の東にあった旧陸軍歩兵第六連隊の兵舎をそのまま転用し、法学部と同居していた。その後、そこには愛知県体育館が建てられ、毎年、大相撲名古屋場所が行われている。

英文科の主任教授は、卒業論文の「ウォールター・ペイター」がそのまま岩波書店から出版されたという天才英文学者の工藤好美、助教授は後に南山大学の主任教授として中部英文学会の総師となった加藤龍太郎、哲学科には第一高等学校（後の東京大学教養学部）から転任してきた唯物弁証法学者でヒューマニストの真下信一、国文科には記紀・万葉研究の第一人者で『吉野の鮎』を書いた高木市之助、仏文科には新村出を父に持ちフランス帰りで新進気鋭の新村猛など、錚々たる顔ぶれが揃っていた。

はじめは気に入った講義を探しながらいろいろな教室を渡り歩いたが、少し馴れてくるにつれて、原書を読む授業以外はできるだけカットして時間的余裕をつくった。

ほかの学生たちも大同小異で、二、三か月経つ頃にはどの講義の出席者も、在籍学生の半数か三分の一ぐらいになっていた。旧制の高校や専門学校と違って、ここでは出席を一切取らず、年度末にレポートを書いて出せば単位がもらえるという講義が多かったからである。ほかの科の噂では、卒業式で初めて顔を見せたという豪傑もいたという。

名経専から一緒に社会学科に入ったO君などは、中日新聞社の記者をしながら、一度も出席しない講義のいくつかをレポート提出だけで単位を取っていた。もっともさすがの彼も仕事が忙しいといって、二年なかばで中途退学をしたが――。

いずれにしても、まことにのんびりとした大学生活であった。雑草の生い茂る〈兵どもが夢の跡〉の校庭に寝そべって、友人たちと文学や哲学を語り合ったものであった。

その頃の思い出としては、夏休み、小牧飛行場のアメリカ軍基地のＰＸ（酒保＝軍隊内で飲食物や日用品を売る店）でアルバイトをしたことである。毎日、夕方六時から十一時までの皿洗いなどの仕事はきつく、半月ももたないうちに過労でダウンした。近所の医院で見てもらうと肋膜炎だという。約一か月寝込んだ。

年が明けた一月か二月であったと思う。学生掲示板にアルバイト募集のビラが貼られた。読むと、県立名古屋西高校で二名の臨時講師を募集している。資格として高校教員免許を持っていることが条件であった。

早速、申し込んだ。当時、名経専を卒業すると、高等学校二級教員免許状がもらえたのである。ほかに希望者が何人かいたようであったが、免許状を持ち、語学試験にも合格していたK君とわたしが選ばれた。

語学試験というのは新入生の語学力（英・仏・独など）を試すもので、合格すれば、一回生にとって必須である語学の二単位は取らなくてもよいという特典があった。合格したものは三人、南山英語専門学校から来たK君とY君、それにわたしであった。名経専時代には授業にも、ましてその成果にも、満足を味わったことのないわたしは、このときようやく自分の居場所を発見できた思いであった。

こうして、K君とわたしはまだ肌寒い三月のある午後、名古屋西高校を訪れた。初対面の校長は、奇しくも名経専時代に机をならべていた友人A君の親父さんであった。そんなこともあって話がはずみ、一緒に出かけたK君とともに、すぐさま採用と決まった。勤務条件は週十時間、三日出校せよ、というものであった。渡された教科書のズシリとした感触に、教師としての責任の重さを感じていた。

帰途、暮れかかった町並みをK君と語り合いながら歩いた。心配の種は共通していた。まだ入学して一年経つか経たないかの新米大学生に、高校生を教えることが果たしてできるかどうかである。

当時、教育実習という制度はなく、多くの大学や高専は実習経験のないままに単位さえとれば教員免許を与えていた。わたしも名経専時代の夏休みに、頼まれるまま近所の中学生に英語を教えた経験は一度だけあったが、教壇に立って高校生に教えるという経験は初めてのことであった。いよいよ四月からは教壇に立たねばならないと思うと、われ知らず身体が熱くなり、冷たいはずの三月の夜風がむしろ心地よく感じられた。乗りかかった船、腹を括ってやるしかないと、二人で励まし合ったものである。しかしこのとき、すでにわたしは自分の一生を運命づける道を歩き始めていたことにまだ気づいていなかった。

恩師工藤好美先生の著書と手紙

文学部で二年目をむかえた昭和二十六年の四月から、わたしは名古屋西高校で週三日、英語の授業を受け持つことになった。月手当三千円也のアルバイト教師である。

教師と学生という二足わらじの生活に忙殺されていた間にも、世の中は動いていた。この前年、昭和二十五年に勃発した朝鮮戦争の影響は、一部に特需景気をもたらしたが、一方では労働者や学生を中心に戦争反対の運動を引き起こしていた。

大学にも「反体制」の波がおしよせ、昼休みなどになると、自治会の活動家たちがオルグにきて、デモへの参加を呼びかけたりした。

「諸君！　米帝国主義者がはじめたこの戦争は断じて許せない。ともに立ち上がって反戦デモに参加しようではないか！」

しかし、彼らの絶叫調のアジ演説にわたしは自己陶酔のヒロイズムを感じ、共感できなかった。彼らに背を向け、わたしはひたすら自分の世界に沈潜した。遅まきながら本気で学問に打ちこむ意欲が芽生えていたのである。

講座はどれも面白かった。とくに英文科の主任教授であった工藤好美先生の講義は、世界文学にしろ、シェークスピア講読にしろ、興味津々、飽くことを知らなかった。

それにもまして魅力的だったのは、工藤先生の文章であった。わたしが初めて読んだ著書は『文学論』(朝日新聞社・昭和二十二年)である。もっともこの本は先輩から勧められてあちこち古本屋漁りをしたが、どこにも見当たらず、やむなく友人の一人を拝みたおして借りたものであった。一読するや、たちまちその文章の魅力にとり憑かれてしまった。垂涎措く能わずというか、一語一句に心を躍らせながら読みふけったさまは、残り少なくなってゆくページを惜しみ惜しみ繰った、あの懐かしい少年時代の読書体験の再現であった。

感激したわたしは、三百ページを超すその書物を逐一書き写すことにした。もしそれを自分のものとして購入していたら、わたしはそんなことは絶対しなかったであろう。そう思うと、友人に借りることになったわが運命に感謝せずにはいられなかった。

もっともそのお陰で、その頃書いたレポートや論文はすべて工藤好美スタイルになってしまい、一方ではこれは困ったことになったと悩んだことも思い出す。といってもむろん、工藤先生の深遠さには及びもつかない、ただ形だけの猿まねにしかすぎなかったが。

工藤先生の叙述の特徴は、すべてのものを本質と原理から捉え、巧みな比喩と弁証法論理でその全体像を纏めあげることであった。どんな複雑な事象も、工藤先生の筆にかかると快刀乱麻、みごとに整理され提示される。その論文は完成された芸術作品そのものであった。

その後もずっと、わたしは工藤先生の著書から、文学研究の方法はいわずもがな、自分の生き方にいたるまで学ぶことになったが、とくにその頃教えられたことのひとつにProfound Ignoranceがあった。それは、自分にとって本質的と思われるもの以外には〈深き無知〉をもって満足するという意味の言葉で、若き日の工藤先生の生活の信条でもあった。わたしはその言葉をわが身にも課し、政治や社会から隔絶した世界で、ひたすら芸術至上主義文学の世界に耽溺していた。

工藤先生が辞めるらしいという噂が広まったのは、その年の秋も深まった頃であったと思う。原因は、外国人教師の受け入れ問題であった。四月から来日した米人講師の受け入れに、教授会や学生自治会が反対して、ひと騒動がもちあがっていた。

英文科の学生は工藤先生を引き留めるために、お宅まで出向いてお願いしたものであったが、辞意はかたかった。文学部長でもあった工藤先生はその責任をとって辞めるのではないかと学生たちはいっていたが、わたしは温厚な工藤先生はそのような政治がらみの運動そのものに厭気がさしたからだと思う。その年度の終わり、工藤先生は神戸大学に転任された。在籍わずか三年、わたしが教えを受けたのは、そのうち二か年であった。

短いご縁ではあったが、その後わたしは二度、工藤先生から手紙をもらっている。一通は卒論のポオに関する質問に答えてもらったもので、もう一通は岩波書店の月刊誌「文学」に掲載されたわたしの論文への激励であった。惜しいことにこれらの手紙は、数十年来の転居や家の新・改築もあって、どこかへ紛失してしまった。返すがえすも、残念でならない。

だが、万年筆ながら、墨痕鮮やかという表現がピタリと当てはまるその太くて温かい書体は、師の温厚で誠実な面影とともに、今なおわたしの脳裏に焼きついている。

「卒論」は出したけれど……

大学での最終学年、三回生になると、いくつかの変化があった。

まず、名古屋西高校での英語講師の仕事は、その年からは夜間定時制生徒の受け持ちに変わった。勤務は週二日となり、前年までの週三日と比べるとかなり余裕ができたが、それでも夜の仕事はいままでと勝手が違って相当きつかった。だが、このときの経験は、後にわたしの人生に大きな影響を与えることになる。

大学では、工藤好美教授の後任として、カーライル『英雄崇拝論』(岩波文庫)の訳者として知られる老田三郎教授が赴任された。学生の誰にでも話しかける気さくな先生で、お宅にお邪魔して美しい奥さんの手作りの寿司をご馳走になったりしたことを憶えている。

ほかに講義で思い出すのは、工藤好美教授が各学部をカバーする「世界文学」という視点から創設した新しい講座である。それぞれの専門分野から多彩な顔ぶれの教授が集中講義にきた。国文学の高木市之助、言語学の小林英夫、日本文法論の時枝誠記などであった。

その中でとくに印象に残っている講義があった。ソシュールの紹介者である小林英夫の言語学概論である。いまでも思い出す言葉がある。

「エスキモーには粉雪とかぼた雪とか、雪の種類を表す言葉はあっても、雪という言葉はありません。なぜだか分かりますか」

初めて言葉の不思議を知った。言葉は差異の体系だったのだ。すべてが雪の国では、雪をそれ以外の物から区別して命名する必要がなかったのである。

それまで、ヘーゲルやマルクスからサルトルへという、いわば世界変革の思想にかぶれ始めていたわたしには、ソシュールは単なる形式的観念論としか思えなかった。実はそれが、言語を「差異の体系」として位置づけ、後の構造主義やポスト構造主義を生み出す新しい思想の萌芽であることを、そのときは知るよしもなかった。

それはさておき、それ以外の講義へは足が遠のいていった。図書館や自宅にこもって卒業論文の準備に忙殺されたからである。

取り上げた作家は、かねて興味をもっていたエドガー・アラン・ポオ。中学時代から翻訳はかなり読んでいたが、原書で読むこの作家の文章はまた格別であった。何冊かのまとめのノートを作りながら没頭した。

彼にはいくつかの顔があった。「盗まれた手紙」などで謎解きの面白さを提供する推理小説の創始者であるかと思えば、「ベレニス」など読者の恐怖心をそそる怪奇作家でもあった。一方では「大鴉《おおがらす》」や「アナベル・リー」などで象徴詩の先駆けを世に問うた詩人でもあり、また作品の創作課程の心理にまで踏み込むすぐれた文芸批評家でもあった。ポオは、いまでいうマルチ作家であった。

この研究には、サブテーマが二つあった。一つは、ポオのなかにある詩的要素と科学精神がどのように結びついているかの解明である。もう一つは、十九世紀のアメリカという後進国にあって彼がいかにして新しい文学を創造しえたかということ、つまり時代と個性の関係を掘り下げることであった。

とにかく、扱った範囲が大きすぎた。最後まで粘ったが、未完のまま提出せざるを得なかった。おまけに頼んだ英文タイプの仕上がりが遅れ、一月末の締め切り日の当日、ようやく教務部に提出することができ、待ちわびた事務職員に叱られたことを思い出す。

老田教授は褒めてくれたが、未解決の問題が多く、卒論の出来は自分では納得がいかなかった。わたしの中にはもっと研究を続けたいという気持ちが芽生えはじめていた。

そのうちに、クラスメートの数名が大学院に残るという噂を聞いた。ならば自分もということで、即座に入学手続きを取った。

むろん、卒業後の就職は確保してあった。実は、その年から愛知県では全県一律の教員採用試験が行われることになっていた。わたしたち旧学制の最終卒業生は、新制大学第一回生とともにその新学制の最初の受験生として、狭き門をくぐった。筆記試験のほかに面接があったが、そのときの試験官はそれまで勤めていた名古屋西高校の校長であった。

「きみのことは、面接せんでもわかっとる」の一言で採用と決まったのであった。

だが、大学院で勉強するからには、昼間の自由時間を確保することが先決であると思い、決定していた名古屋西高校の全日制教諭のポストを急遽、そこの定時制に変更してもらった。

こうして、教師と学生という「二足のわらじ」を当分続けることになった。二十三歳の春のことである。

《高校教師となる》

デモシカ先生だった頃

昭和二十八年が始まるとすぐに、大きな歴史的事件が二つあった。一つは二月のＮＨＫテレビの放送開始であり、もう一つは三月の、独裁者スターリンの死であった。この年を境にして、日本は大きくテレビ時代に突入していったし、世界はイデオロギーの多極化時代を迎えることになるが、そのことに気づいた者はまだ誰もいなかった。

そして四月、それまで非常勤講師として勤めていた名古屋西高校の定時制課程に、わたしはあらためて専任教諭として就職することになった。本格的教師時代の始まりである。

とはいうものの、その頃のわたしは教師を天職として意識したことはなかった。それどころか、今から思えば、当時流行りはじめていた〈デモシカ先生〉――先生にデモなろうかと思ってなった教師たち、実は先生にシカなれない教師たち――という、身過ぎ世過ぎの腰掛け教師にしかすぎなかったのである。

定時制を選んだのも、大学院に籍を置いたのも、ハッキリ自分の将来を決定したくないという気持ちのなせる業であった。〈モラトリアム人間〉のハシリというのもおかしいが、決定を先延ばししたいという、優柔不断で自意識過剰な、若者特有の心理であったと思う。

ちなみにモラトリアムとは支払猶予のこと。戦争や天災などのため、債務の支払いを一定期間猶予させること。これを心理学に転用し、肉体的には成人しているが、社会的義務や責任を先送りし「大人」にならない、いわば猶予の期間。また、そこにとどまっている心理状態。米精神分析学者エリクソンの提唱した概念で、日本では小此木啓吾が〈モラトリアム人間〉としてこの言葉を広めた。

そしてわたしはまだ、かつて軍国少年を裏切った教師にだけはなりたくないという呪縛から解放されていなかったのである。その自分が教師になるとは――。早く足を洗って、別の仕事に就きたいという気持ちをもちながら、それを表に出すことは許されないまま、面従腹背の教師稼業をつづけるわが身が情けなかった。

名古屋西高校の定時制課程は、創立三年目を迎えたばかりであり、専任教諭はわたしをふくめて三人しかいなかった。

受け持つことになった二年生のクラスは、ほとんどの者が職業をもっているという点は共通していたが、そのほかの点ではさまざまであった。経済的理由から全日制を断念した者、就職後に向学心を抑えきれず定時制の門を叩いた者、なかには卒業資格だけに魅力を感じてきた者など、彼らの通学動機は一人ひとりが違っていた。学力も大いに幅があったし、年齢差も大きく、最年長の生徒などはわたしと同年であった。

勤務は予想以上にきつかった。授業は午後五時半から始まったが、教師はその二時間ぐらい前には登校し、いろいろな事務をこなさなければならなかった。途中、七時から休憩があり、その間に店屋物の食事を摂った。

終業は九時、しかし校門を出るのは九時半を過ぎていた。途中の市バスや郊外の電車は、終車近くになると乗客もまばら、しかも酔客が多かった。侘びしさが襲い、そんなとき、定時制を選んだことを後悔するときもあった。乗り継ぎ駅の屋台で、一杯飲むことが多くなった。

一方、大学へはときどき、正午近くに顔を出した。旧学制の大学院は、新学制のそれとは違って、単位を取る必要はなく、教授に顔を見せたり、図書館や研究室で本を借りたりした。ポオをはじめ、世紀末文学者の作品をいくつか読んだりしていた。

あるとき、英文科の研究室へ行くと、助手であるSさんが声をかけてきた。

「ヘーゲルの『美学』をいっしょに読みませんか」

研究室からヘーゲルの『美学講義』の英訳を借り、週に一度、Sさんと二人だけの輪読会が始まった。象徴主義、古典主義、浪漫主義などの芸術様式の発展を人間精神の成長と関連づけて説明するヘーゲルの壮大な芸術観・歴史観に圧倒されながら、ときには絶望感に襲われたり、ときには知的興奮を覚えたりして格闘した。

こうして一年が過ぎた。

二年目になると、定時制課程はもう一学年が増え、新しく二人の教師が転任してきた。その一人にFさんがいた。戦う愛高教（愛知県高等学校教職員組合）の輝ける書記長として鳴らした人である。

話はさかのぼるが、わたしの大学の同期生のなかに、新任早々のある高校でPTA会費の不正を暴いた男がいた。勇気のある男だと思っていたら、突然解雇が言い渡された。理由は、半年間の仮採用期間中の職務命令違反だという。不当解雇というので、組合は彼を守るために組織をあげて県教委（愛知県教育委員会）相手に戦ったのである。そのとき、本人といっしょに県庁前に座りこんでハンストを行ったのが、ときの書記長Fさんであった。

職場の組合にはむろん加入していたが、わたしは形ばかりの組合員であった。研究生活を自分の一生の仕事にしようとしていたわたしは、平和運動や組合運動にはそっぽを向いていた。

あるとき、組合主導の教育研究集会があるというので、前書記長のFさんに勧められるまま、わたしも分担して研究発表のためのレポートを作ることになった。題して「定時制高校生の意識について」である。定時制高校生の置かれている現状と、彼らの考え方や感じ方を直接聞いたり、アンケートを取って調べたりしているうちに、わたしはそれまで無関心であった社会の矛盾にいやでも気づかないわけにはいかなかった。

わたしの意識が少しずつ変わりはじめたのは、その頃からである。

わたしを変えた教え子たち

さて、わたしの教師としての原点は、この定時制過程——定時制高校での三年間にある気がしている。はじめのうち、それは大学院を続けるための手段にすぎなかったが、次第にわたしの心の中で大きな比重を占めるようになり、教師としての資質をつくりはじめていた。

担任として受け持ったクラスには、いろいろな生徒がいた。中学を卒業してすぐに入学した者はむしろ少なく、多くの者が数年の職業経験を持っていた。生徒といいながら、彼らはもう一人前の社会人であった。

だが、働くことと学業の両立はむつかしく、卒業するまでには何人もが退学していった。そのなかに、わたしとあまり年の違わないN君とM君がいた。あるとき、その二人が職員室にやって来て、学校を辞めたいという。

「もう一年で卒業だから、何とか続けたまえ。せっかくここまで頑張ったんだから——」

引き留めるのに、通りいっぺんの言葉しか出てこない自分が情けなかった。

「高校の授業はちっとも面白くないです。それに、資格をとって出世に役立てようという気持ちもありません」

二人は同じ趣旨のことを言った。職場の労働組合に関係しているというN君も、自営で印刷の仕事をしているM君も、ほかにもっと大事な、やりたいことがあるといって、教師の説得には耳を貸さなかった。

働く者にとっては、勉強とは無意味な、机上の空論にすぎないのだろうか。それまで、生きることの意味を学問や書物から学ぶことができると信じていたわたしにとって、それを否定する彼らの生き方はショックであった。

そのショックを整理できないまま迎えた初夏、新緑が芽吹きはじめたある日、その春に卒業したばかりの一人の青年が自殺した。驚愕が学校中に走った。

学業も体育もともにすぐれ、生徒会長も務める模範生であった彼――、一年前、東京での全国定時制高校弁論大会では、愛知県代表としてかなり上位にまでくい込んだ彼――、その彼に計り知れない心の闇があったとは――。

あらためてわたしは、彼の手記を載せた卒業文集を繰ってみた。

「……できれば自己を無限の存在と信じたい。しかし自己を押し通すにはこの現実はあまりにも厳しい。必然〈有限意識〉を持たざるをえない。しかしそれは敗北だ。われわれは〈有限意識〉を離脱し、〈無限意識〉へ一歩進展しなくてはならない」

この、生硬ともいえる言葉の羅列のなかに、彼を死に追いやった秘密があるというのか。

翌月の生徒会新聞に、わたしは〈ロマンチシズムの敗北〉と題して寄稿した。

「……A君のあまりにも純粋なロマンチシズムは、それを否定する現実の圧倒的な力の前に、はかなくも敗れ去った」

自分としては、彼の死を悼み、もっと現実的になれと、ほかの生徒たちに呼びかけたつもりであった。だが、彼の親友のT君にはそれが伝わらなかった。

「評論家気取りで、Aの死を一般化しないでくださいよ。先生なんかに、彼の苦しみが分かるもんですか」

わたしに向かって抗議する彼の目には、光るものがあった。

人の死を教材にすることの不遜をわたしは恥じた。そして生徒の心をくみ取れなかった教師の限界を感じ、無力感に襲われた。

このようなとき、わたしの足は救いをもとめて「象牙の塔」に向かった。そうすれば心は癒されるが、その一方で教育現場への関心がさらに奪われることになるとも気づかず——。

そんな二足のわらじを履く者への酬いなのか、職場では依然としてヘマばかりしていた。

四月の入学式当日、職員打ち合わせ会で、定時制主事のIさんがわたしにいった。

「対面式でのスピーチは誰がやることになっていましたか?」

入学式の後の新入生と在校生との対面式では、在校生代表が歓迎スピーチをするのが恒例であった。

「えっ？　はい、あの――N子です」

しどろもどろであった。伝えることを忘れていたとはいえなかった。

ホームルーム室長のN子が登校するのを校門でつかまえた。

「きみ、急で申し訳ないが、対面式で挨拶をしてくれないか」

断られても文句は言えなかった。

「せんせい、いまごろになって、ひどーい！」

なじりながらも、責任感の強い彼女は引き受けてくれた。ぶっつけ本番で、途中少々とちったところはあったが、何とか無事急場をしのいでくれた。

人は許されるとき、はじめておのれの前非を悔い改めるもの。わたしが教師として本腰を入れはじめたのは、この事件がきっかけであったかもしれない。

生活記録運動の頃

昭和三十年、わたしは大学院に籍を置くかたわら、定時制高校の教師として三年目を迎えていた。

その頃、日本は朝鮮戦争（昭和二十五～八年）や自衛隊発足（昭和二十九年）を境に、大きく「右旋回」しようとしていた。戦争放棄の平和憲法に大きな夢を託していた日本人の多くは、この事態に激しい危機感を募らせていた。

ある文学者は激烈な口調で語りかけた。

「もし今の場合、日本民族の滅亡がかけられているとしたら、それでも文学は局外中立を保てるだろうか」

戦争回避のために何かしなければならないという、焦りに似た感情が文学者の間にも広がり、やがてそれは〈国民のための文学〉をスローガンとする国民文学論の台頭につながっていった。国民文学論の主張は千差万別であった。例えば、ヨーロッパ文学の教養を身につけた伊藤整などの〈私小説否定の上に立つ欧米型近代文学モデルの提唱〉、プロレタリア文学の側からの〈文学に対する政治の優位性の主張〉、それに対抗して中国文学者の竹内好などの〈政治に対する文学の自立性の擁護〉など、さまざまな論議が入り乱れていた。

しかしその底流には、少数派の純文学と多数派の大衆文学とに分離している文壇の構図を、国民文学という旗印を掲げて統一しようとする共通の意図があった。

文壇のそのような趨勢にたいして、わたしは一方では歓迎の気持ちがあったが、他方では不満を抑えきれなかった。国民文学を名乗るためには文学はもっと裾野を広げ、あらゆる階層の国民の意識や願望が作品の中に反映されていなければならないという思いがあったからである。

そう考えたのには、それなりの理由があった。というのは、当時、文壇や論壇を離れたところでは、生活綴り方や生活記録運動が隆盛を極めつつあったからだ。教育の現場では、無着成恭の『山びこ学校』（青銅社・昭和二十六年）に刺激された生活綴り方の運動があったし、働く人たちの職場では組合やサークルを中心にした生活記録運動があった。これらの運動は次第に高揚し、昭和三十年ごろには「葦」とか「人生手帖」という生活記録中心の投稿雑誌さえも生まれていた。「第一次自分史ブーム」と呼ぶべき社会現象であった。

国民文学運動は、このような広い世間で書かれる多数の生活記録的書き物を文学のなかに吸収してこそ、国民的基盤に立つ新しい文学の成立が可能ではないか、というのがその頃のわたしの確信であった。

ちょうどそんな時期、いわゆる進歩的文化人の牙城として鳴らした岩波書店の月刊誌「文学」が、「生活記録と文学」という課題で広く論文を募集していた。

定時制高校には新聞部や文芸部があったが、わたしは寄稿したり部員と話し合ったりする程度のかかわりしかもっていなくて、運動としての生活記録に取り組んだ経験はなかった。しかし、日ごろ興味をもっていたテーマだけに、運動実績のなさに引け目を感じながらも、応募することに決めた。

論文の切り口は、生活記録運動の理論的基礎づけということにした。そんな大それた構想を立てたのは、実は実践体験のないわたしにとってほかに取るべき方法のない窮余の一策であったのだ。机上の空論であってもいいから、記録運動を推進している人たちの心の支えにでもなればいい、というのがわたしのささやかな念願であった。

こうして、一か月、悪戦苦闘の日々が続いた。図書館に通い、それまで出されていたさまざまの資料を渉猟しながら、そもそも生活記録運動とは何か、生活記録運動がどのようにして国民文学運動に発展していくのか、そして書くという行為がどうして書き手の視野を広げ、認識を深めることになるのか、という問題の考察に没頭した。

とくに最後の問題、なぜ書くことが書き手の人間的成長を促すことになるかは、論文の中心的テーマであった。その答えをわたしはその頃読んでいたヘーゲルのなかに見つけようとした。「疎外論」である。人間は、自己の作りだしたいわば自分の分身から逆に疎んじられたり束縛されたりする。だが、そのような過程があればこそ、人間は次にそれを克服する行為が可能になり、新しい自己を創出することができるという理論である。

たとえば、読書に夢中になっているとき人は作品と一体化するが、読書を終えると我に返る。そのときの自己は、読書に没入しているときの自己とは別物である。二つの自己の角逐を通して、読書による成長が保証されるのである。

書くことも同じ原理である。人は自己を書くことを通して、書く自己から書かれる自己を分離させる。こうすることで人は自己を客観的に見ることができ、書く前までは気づかなかった自己の姿に気づく。ここに自己の成長・発展の契機がある。

このような考えをまとめ、締め切り日の一日前、入選の当てもないままにポストに投函した。

幸運にも、その論文は三編の入選論文の第一席に選ばれ、「生活記録（綴り方）と文学」特集記事の巻頭を飾った。選者は木下順二や小野十三郎などであった。

いま思うに、入選は運動に直接かかわっていなかったことがもたらした僥倖であったかもしれない。渦中にいるものより、ときには局外者の方が物事の本質を正確に把握できることがあるからだ。

しかし一方では、それがわたしの負い目となった。そしてその後わたしの人生は、実践を求めて大きく「左旋回」をすることになっていくのである——。

定時制から全日制へ

毎年、正月が明けると慌ただしい三学期になる。普通授業に加えて、新年度にそなえての入学試験の準備や、卒業生を送り出すための事務処理や会議など、目白押しである。正月にのんびりムードを味わっていたぶん、休み明けの忙しさが骨身に応える。

その年、最終学年の担任をしていたわたしは、文字通り猫の手も借りたいほどの日々を過ごしていた。そんなある日、電話があって校長室に呼びだされた。去年の春からA校長の後任として着任していたH校長が、笑顔で迎えてくれた。

「今度の春で、あなたも卒業生を送り出すことになるが、三年間、夜間部の勤めは大変だったね。ご苦労さん。それに老田先生から聞いたのだが、大学院へも顔を出していたそうじゃないか」

H校長と大学の老田三郎教授とは京都大学で机をならべた仲で、今でもときどき旧交を温めているという。

「はい、でもなかなか研究の方ははかどりません」

それからひとしきり、大学院での勉強のこと、定時制教育のことなどの話題がつづいた後で、H校長は切り出した。

「ところで、これを機に昼間部で働いてみる気はないかね。ただ、そうすれば大学での研究は続けられなくなるかもしれないが――」

予想もしなかった話で、すぐには返事ができなかった。

「先生、折角のお話ですが、少々待ってもらえませんか。一度よく考えてみたいのですが――」

H校長は快く、わたしのわがままを許してくれた。

わたしに即答を控えさせたのには、それなりの事情があった。

ひとつは、研究論文のことである。実はその半年ほど前、わたしはヘーゲルを輪読していた大学助手のSさんから新しい就職先を紹介されていた。近畿地方のある県立短大に英語講師の口があるから、行ってみないかという話であった。向こうの教授とも面接し、話はトントン拍子に進むかに見えたが、最終段階で不成功に終わった。Sさんによれば、論文がなかったのがその理由だという。やはり論文は書いておくべきであった。大学院に籍を置いたからには、論文を書くのは当然のことであり、その義務を怠っていたわたしはあらためて自分の怠惰を後悔した。来年こそは、低学年の担任になって少しは暇になるから、万難を排してでも論文に取り組もうと意気込んでいた矢先のことであった。

わたしが躊躇したもうひとつの理由は、定時制に学ぶ生徒たちへの断ちがたい愛着であった。というより、ここで辞めたら日夜苦しみながら勉学に打ちこんでいる彼らを見捨てることになりはしないかという、一種の後ろめたさのような感情であった。

H校長から話のあった翌日、わたしはすでにいっぱしの高校教師として活躍していた大学時代の友人Kに相談した。

「勉強だったら、大学を離れたってできるはずだよ。大学院の三年間で、お前はどれだけ勉強できたというのか。論文だって書いてないじゃないか」

そう言われれば、一言もなかった。

「それに、教師として身を立てるとすれば、一箇所でマンネリ生活をしていたんでは成長しない。別れは辛いが、センチになっちゃあいかん。教え子だって喜んで送りだしてくれるよ。チャンスは生かすもんだ……」

日ごろ毒舌で鳴らしているだけに、この友人の言葉には核心をつくものがあった。目から鱗の落ちる思いであった。やはり大学院は辞め、高校教師一本に徹しよう。ようやくわたしは決心がつき、その次の日、H校長に承諾の返事をした。

振り返ってみれば、三年前、定時制高校の門をくぐったとき、わたしは二足のわらじを履いたデモシカ教師でしかなかった。それがあまり年齢も違わない生徒たちとの付き合いの中で、わたしは少しずつではあるが変わっていく自分に気づいていた。彼らの置かれた困難な職場環境の実体を見たり、それにも負けず頑張って通学してくる彼らの純粋な情熱に触れたりするにつれ、わたしの目は次第に「象牙の塔」や書物の世界から離れ、そのような情況をつくり出している社会の仕組みや政治のあり方にも向けられていったのである。

その年の三月、わたしは三か年受け持った生徒を卒業させ、四月に同じ学校の昼間部に転任した。今度こそは本格的教師生活の始まりであると自らに言い聞かせながら——。

英語科の先輩教師たち

その頃の名古屋西高校英語科の先輩教師たちのことは、いま振り返ってもいちばん懐かしく思い出される。国語科や社会科などの教師たちは、型にはまり、教師然としたタイプの人が多いなかで、英語科にはどういうわけか教師の枠からはみ出したような人が何人かいた。英語という教科がそうさせるのか、それとも英語を専門として選んだ資質のせいなのか、それは分からなかったがいずれにしても、個性の強い、一風変わった教師集団だというのが、他教科からの英語科教師批評であった。

英語科のなかで最年長のKさんは、名古屋西校三奇人の一人とあだ名されただけに、その変人ぶりは堂に入っていた。イギリス紳士を気取ってか、晴雨にかかわらず常に愛用のこうもり傘を持ち歩いていた。人に訊かれると、護身用の武器だと答える。それに、Kさんは保健部主任という職掌柄、校内の衛生には人一倍気を遣ったが、それも他人のためというより自分自身のためといって憚らない正直さがむしろ受けた。

ある日、トイレにはいると、すでに用を足したらしいKさんがいて、手を洗っている。「若い先生はトイレのマナーが悪い。いつも雫を下にこぼす。あなたも気をつけなさい」と言いながら、一向に出ていく気配がない。

けっきょく、用を済ませたわたしが先に出ることになった。「お先に」といってドアを開け、出ようとすると、Kさんは間髪を入れず、わたしの後ろにくっついて出た。「これだな」と思った。トイレを出るときは、ドアのノブを絶対に自分の手で触らないという噂は、本当だったのだ。

年輩のYさんも、教師らしからぬスマートな紳士。元新聞記者として戦前の上海で活躍したという国際派だけに、英会話には堪能だし、幅広い教養の持ち主であった。当時Yさんは図書館長で、わたしはその下で図書館報の発行やその他の仕事をしていた。親分肌のYさんは何くれとなく面倒を見てくれたし、お茶もよくご馳走してくれた。ときどきは飲みにもつれていってくれた。

酔うといつも、上海時代の話が出て「泥棒と人殺し以外の悪いことは大抵やってきた」と語る豪放磊落な人であった。ただ、些事にこだわらない大らかな性格から、よくもの忘れをした。

ある日の放課後である。司書室に一人だけいたわたしに、Yさんはちょっと用があると言い残し、先に帰っていった。口やかましい女性司書が現れて、

「Y先生、遅いですね。どうされたかしら」という。

「もう帰られましたよ」とわたし。

「何ですって！　今日は生徒の図書委員会の日で、みんな向こうの部屋で待っていますよ。どうして引き留められなかったのですか。安藤先生も忘れていたのでしょう！」

矛先が自分に向いてきたので、わたしは逃げるように生徒らの待っている部屋に駆けこんだ。

翌日、謝るのも仕事のうちと心得ているYさん、女性司書に向かって何度目かの平身低頭の図を演じたのはいうまでもない。

もう一人、忘れられない人がいる。同じ大学を卒業した一年先輩のSさんである。

名古屋西高校への着任は一緒だったが、在学時代から講義室の質問魔として鳴らしたSさん、職員室でも教室でも、新米教師らしからぬ振る舞いを見せていた。

ある日の放課後、掃除の見回りに行くと、受け持ちの女子生徒がわたしのもとへ寄ってきて言った。

「せんせい、S先生のフィアンセという人、すごい美人よ」

「へえー、どうして知っているの？」

「みんな、知ってるよ。だって、授業中に『これ、ボクの彼女だ』といって、写真を回すんだもの」

そんなSさんは生徒には人気があったが、権威を振りかざす教師たちのなかには眉をひそめる者もいた。そして赴任して一年も経たないうちに、Sさんは名古屋西高校の新しい三奇人の一人に祭り上げられていた。

Sさんが教師としての本領を発揮するのは、後年、有名な河合塾で英作文を教え始めたときである。学殖もさることながら、穿ったものの見方や意表をつく発想が学生たちに受けたようで、名物講師として絶大な人気を誇ったものである。

《結婚と組合活動》

組合役員となる

「あなたに、白羽の矢がたちましたよ」

会議室に居残ったわたしに、Kさんはいきなり言った。寝耳に水であった。

「本校からひとり、組合の執行委員を出すことになってねぇー。有志の者でいろいろ人選したのですが、ほかに人がいないんですよ。ひとつ名古屋地区の代表として、愛知の反動行政と闘ってくれませんか」

その頃、名古屋西高校でも月に一度ほど授業後に教育研究集会が持たれていて、新しい民主教育はどうあるべきかが熱っぽく話し合われていた。そんな集会が終わったある日、わたしはKさんに呼び止められ、その話を聞かされたのである。

「でも、ぼくには荷が重すぎです」

はじめは断った。教師集団を後ろから支えることはできても、先頭に立って引っぱっていくだけの能力もエネルギーもないことは、自分自身がいちばんよく知っていたからだ。

「いや、いや、若いあなただったらできますよ。これは皆さんの声です」

後年、愛知のホー・チ・ミンといわれた活動家のKさんは、人をその気にさせる名人でもあった。その口説きに、けっきょくは乗る羽目になってしまった。わたしはいわゆる組合活動家のタイプではなかったが、思想的には当時の丸山真男や清水幾太郎に傾倒し、何とかして教育の現場にも、日本社会全体にも、本物の民主主義を根づかせなければならないという気持ちだけは人並み以上にあった。Kさんの鋭い目は、それを見逃さなかったのだろう。

昭和三十四年、わたしは愛高教（愛知県高等学校教職員組合）の執行委員となった。それは、わたしにとって初めて経験する組合役員としての立場であった。

経済白書によれば、この年は岩戸景気のピークにあたり、テレビはＮＨＫの受信契約台数が二百万台を突破、街中が好景気に沸いていた。

しかしその一方で、教師社会には二つの嵐が吹きはじめていた。一つは、前年に実施の決まった教師の勤務評定に反対する運動であり、もう一つは、翌年に改定を控えた日米安全保障条約への反対闘争であった。後者は、いわゆる六〇年安保闘争として、いまも政治運動の歴史にその名を留めている闘争であった。

当時、愛高教の本部は、愛知県庁の裏手にあった粗末な木造の二階に置かれていた。わたしは一週間に三日、その本部に通い、そして残りの三日は学校で授業を受け持つという、半専従《せんじゅう》の勤務形態に就くことになった。

本部には、委員長と書記長のほか、わたしを含めて五人の執行委員がいた。執行委員の仕事としては、一週間のうちの初めの一日は、それぞれ選出母体である地区の代議員会に出席し、そこで各職場の問題点を集約するのである。たまたまT地区は、選出の執行委員が不在であったので、わたしは代理としてその地区にときどき出向いていた。

二日目は、本部で行われる執行委員会に出席し、各地区から持ち寄った問題を協議することになっていた。そこでは、あらゆる問題——大は政治や教育の全国情勢から、小は職場の福利厚生に至るまで——が取り上げられ、それに対する対策や運動方針が練られた。いままで、狭い教室の生徒だけを対象にものを言ってきたわたしにとっては、それはまるで異次元の世界であった。

三日目は、各執行委員が分担する仕事をこなす日であった。わたしの分担は、組合費の会計で、五千人ほどの組合員が拠出する組合費の出納処理である。

しかし、これが難題であった。仕事は毎月の組合費の徴収だけではない。各地区の会議のたびに交通費や諸雑費の請求が提出され、それに応じて金銭の支出をしなければならないのである。

銀行振り込みなどない時代で、総額数百万円にも達する規模の仕事は、専任の女性事務員が手伝ってくれたものの、大変な作業であった。何度ソロバンをはじいても、帳尻が合わないこともある。そんなとき、家へ持ち帰った仕事は、深夜にまでおよぶ。

「会計など、引き受けるのじゃあなかったよ」

執行委員会の日はたいてい居酒屋で同僚と飲むことになるが、酔うと口をついて出るのは愚痴であった。

なにしろ、むかし名経専で会計や簿記を習ったとはいえ、そんな仕事がイヤで英語教師の道を選んだ身である。それがいまや、会社勤めのサラリーマンと同じことをしなければならないとは――。

だが、同僚の組合員たちの見る目は、違っていた。

「あんたはよくやるよ。さすが経済や経営を学んだだけはある」

お世辞だと分かっていても、自分の経理能力もまんざらではないかと、萎える心を奮い立たせ、会計簿のページを繰ったものだ。

夏休みは、一般の教師とちがって組合役員にはもっとも忙しい時期となる。さまざまなレベルの行事が、このときとばかり目白押しに並んでいた。各種の研究会のみならず、次第に激しさを増してきた勤評や安保の反対運動への参加要請も増え、ひとときも休まる暇はなかった。

こうして、忙しいとはいえ、まだ平穏な日々の連続であったその年の夏休みもようやく終わった。

そして二学期がはじまってしばらくたったとき、あの出来事が起こったのである。組合活動とは無縁の、それゆえ誰も予想しなかったあの出来事が——。

恐怖の伊勢湾台風

忘れもしない——昭和三十四年九月二十六日、わたしは学校へ出ていた。一日おきに通う学校には残務が滞っており、土曜日であったにもかかわらず、午後も居残って仕事をしていた。

しばらくすると、校内放送が台風接近を伝え、クラブ活動を中止して帰宅するよう指示した。生徒たちの群れに混じって校門を出たのは、三時過ぎだったと思う。

途中、市電の上飯田駅前で中学時代の旧友に会い、ヤキトリ屋で一杯やった。店のラジオからニュースが流れ、台風十五号が潮岬付近に上陸したという。

「かなり大型らしいな。でも、名古屋は大丈夫だよ」

「そうだな。名古屋には来たことがないから——。だが、早めに帰ろうか」

外に出ると、生暖かい一陣の風がほてった頬をかすめた。暮れそめた街には人通りは少なく、妙に静かだ。思えば、嵐の前の静けさだったかもしれない。

家に帰り、夕食をすませ、八時ごろになると風はかなり激しくなった。戸がガタガタと鳴り、柱がミシミシ音を立てはじめた。

その頃、わたしが住んでいたのは、犬山街道沿いの春日井の実家であったが、五十坪ほどの平屋建ての家は、父が若い頃に材木屋で、太い良質の柱などをみずから選んできたと自慢するだけあって頑丈そのもの、これまでの強い風にはびくともしなかった。ところが、その家があろうことか悲鳴をあげている。それでもまだわたしは、強い風の音に血の騒ぐ子どものように、むしろ勇み立っていた。

九時から十時ごろにかけて、東風が南風に変わった。暴風はますます激しさを増し、数秒おきにグワッと襲う突風に合わせて、家全体が大きく撓《たわ》みはじめた。轟音とともに、柱や天井がメキメキと軋む。はじめて、台風の怖さに五体がふるえた。

異変を察知した父と兄が座敷の畳を揚げ、廊下へ運びはじめた。

「雨戸が外れて、ガラス戸が割れたら、風がまともに入る。そうなったら、家もろとも吹き飛ばされるぞ！」

父の緊迫した声がながれる。一家総出で、四、五間もあろうかという長い廊下のガラス戸に内側から畳を当てがい、後ろから押さえつけた。

風の勢いに負けまいと無我夢中であった。それでも、数秒おきに襲う突風で、立てかけた畳は二、三十センチは後ろへ押しやられる。これ以上めり込めば雨戸がはずれ、窓ガラスが割れる。そうなれば屋根が吹っ飛び、家が倒れる。倒れたら一家全滅だ――。ただただ、必死に押さえた。

電灯はとっくに消え、真っ暗闇の中、懐中電灯の明かりだけが頼り。外では、風の音に混じって人の叫ぶ声、木の裂ける物音、吹き飛ばされた瓦が何かにぶつかる音――地獄の阿鼻叫喚とまごうばかりだ。

そんな悪戦苦闘がどのくらい続いたであろうか――、嵐がようやく峠を越えたのは、もはや深夜であった。懐中電灯を頼りに、家の中を点検する。雨戸や窓ガラスは無事であったが、天井からは雨漏りし、廊下は隙間から侵入した風雨で水浸しであった。

翌朝、外に出てみると、あたりの景色は一変していた。庭の木々はほとんど倒れている。ニワトリ小屋や納屋の屋根は吹き飛んでいた。

往来に出てみると、通りのすぐ前にあった新築中の家が全壊している。柱がすべて折れ、三角の屋根がそのまま地面にへばりついていた。

その日の午後、父や兄といっしょに、見る影もなく荒れ果てた庭の清掃や後片づけをしていると、突然N子が現れた。

「わたし、心配だったから来ちゃったー」

その年の十二月にわたしはN子と結婚することになっていた。中村区にあった彼女の勤め先の寄宿舎はコンクリート建てで、台風の被害からは免れたが、それでも一晩中、親兄弟や婚約者であるわたしのことが心配でならなかったという。

彼女は夜が明けるや、不通になっていた市電や名鉄小牧線が開通するのを待ちうけ、何時間もかけてたどり着いたのである。しかも、実家を見舞う前に、まずわたしの安否を気遣って来てくれたことを知ると、うれしくもあり、またいじらしくもあった。

明くる月曜日、組合に顔を出すと、すでに何人かが出勤しており、電話での被害確認に大わらわであった。

ラジオも次々に県内の状況を伝えている。名古屋市の南部や三重県の沿岸地帯では、満潮と重なったため高波が襲い、多くの家屋が流失し、いまも水没しているという。失われた人命も何千人もあるらしい。あまりの痛ましさに、われわれは声を失っていた——。

それから何十日かは、学校も、組合も、台風の後始末に忙殺された。

会計係のわたしは救援資金を持って知多半島のいくつかの学校をまわった。その地方の被害も甚大で、床上浸水はもちろん校舎の倒壊した学校もいくつかあり、生徒の死亡した学校も多くあった。

今年も、あの日が巡ってくる。その度にこの台風で亡くなった五千有余の人たちのことを思う。

その人たちの受けた苦しみや、また残された遺族の悲しみに比べれば、わたしの経験した一夜の恐怖など多分ものの数に入らないかもしれない。しかしそれでも、あの台風の襲った「九月二十六日」と「昭和三十四年」は忘れられないのである——。

なぜかと言えば、その日は奇しくもN子——本名を明かせばなが子——の誕生日であり、またその年はわたしたちの結婚した年でもあるからだ。さらに明かせば、妻なが子は定時制時代に対面式での挨拶をぶっつけ本番で引き受け、わたしの窮地を救ってくれたあの女子生徒である。

反体制の嵐吹き荒れる中で

伊勢湾台風の悪夢も醒めやらぬ昭和三十四年十二月、わたしはなが子と結婚し、名鉄沿線の有松駅から徒歩八分のところに造成されたばかりの公団住宅（鳴海団地）に新居を構えた。長い、すさんだ独身生活の終焉であった。翌年の三月、組合の半専従だった役を辞め、ふつうの教師に戻ったことでようやく落ち着いた生活をはじめていた。

しかし、世の中は騒然としていた。この年は西暦でいえば一九六〇年、つまり六〇年安保闘争の年である。六月、全学連（全日本学生自治会総連合）の率いるデモ隊は国会に突入し、その中にいた東京大学女子学生の樺美智子《かんば》さんは、警官隊と衝突して死亡した。衝撃は世界に広がった。毛沢東は彼女を「日本の民族的英雄」と讃えた。

世の中の情勢に呼応するかのごとく、地方高校の現場でも民主化運動は高まりを見せていた。

勤務評定を強行しようとする愛知県の教育行政に対して、愛高教に結集する組合員たちは強く抵抗した。

その頃の名古屋西高校では、教頭を含めた全教師が組合員であった。職員会議などでは、校長の独断的な指示や決定に対し、校務分掌の主任や時には教頭さえもが反対する場面がしばしば見られた。前年、執行委員役を務めたばかりのわたしも、そのような反権力闘争の一翼を担っていた。

当時、週一回職員会議が行われていたが、そこに指導的役割を演じる先輩教師が二人いた。一人は名古屋西高校の定時制からわたしと一緒に全日制に異動してきたFさんで、かつて日教組(日本教職員組合)の中央執行委員として全国をオルグした活動家であった。もう一人は、わたしを愛高教の執行委員に推薦したKさんである。

二人の弁舌の巧みさは、並み居る教員のなかでも群を抜いていた。職員会議の席などで、その発言に聴き惚れたのはわたし一人ではない。国語教師のFさんは教師集団の情緒に訴え、社会科教師のKさんは彼らの理性に働きかけるという違いはあったが、どちらの演説も職場を動かす力をもっていた。二人の違いについては、わたしはただ説得の仕方だと思っていたが、どうもそれだけでなく、次第に理論そのものにも微妙な食い違いがあると、わたしを含め職場の何人かが気づきはじめた。

組合活動歴の長い、ある親しい同僚は事もなげに言いはなった。

「Fさんは労農派で、Kさんは講座派さ」

この言葉は戦前、労働運動を二分した思想対立を、FさんとKさんに見立てた比喩にすぎなかった。だが、二人の間にあったあつれきは年を経るにしたがって大きくなり、後年、愛知県の高教組を真っ二つに分ける事態にまで発展することとなる。ただ、そのときはまだ、誰もそんな予想はしていなかった。

十月、思想の対立が悲劇を生む出来事がもう一つあった。それを知ったのは、帰宅途中、名鉄名古屋駅前でもらった号外からであった。

「浅沼稲次郎社会党書記長、右翼少年に刺殺さる」

紙面にはそんな活字が躍っていた。

「大変なことになったぞ！　テロの復活か！」

号外を手にした人びとの興奮した言葉が飛び交っていた。聞きながら、わたしは今し方別れてきたわが子のことを思い出していた。

その数日前、妻は学校の近くのS病院で長男を出産した。呼ばれて入った病室では、妻のベッドの横に小さなベビーベッドが置かれ、赤子がスヤスヤと眠っていた。生まれたばかりにしては目鼻立ちがしっかりしているというのが、早くも親馬鹿となったわたしの第一印象だった。突如わたしの胸に、こみ上げてくるものがあり、産みの苦しみに耐えた妻へのいたわり、わずかながら徐々に芽生えてくる父親としての実感と重い責任感、それらの入り混じった感情が全身をおおい、わたしは赤子を見つめたまま立ちつくしたのだった。

そしてこの刺殺事件。産後まだ入院していた妻を連日仕事の帰りに見舞っていたが、その矢先のことだった。

この世に生を享ける者がある一方で、理不尽にそれを奪われる者がある――。家路に向かう満員電車のなかで、号外を手にしたわたしは生と死の織りなす人生の無常をつくづくと思い知らされた。

新設校への転勤

昭和三十九年もまた忘れられない年である。それまで十一年間勤めた名古屋西高校に別れを告げ、同じく名古屋市内にある県立で新設二年目の千種高校に転任が決まった。三十四歳であった。

実はその二年前、わたしは岡崎市のある高校へ転任するよう内示をもらっていた。名のある伝統校ではあったが名古屋市外であり、通勤時間もかなりかかるということで、わたしは苦情を出した。教頭を始めとする職場の分会も、愛高教本部も強力に後押ししてくれ、お陰で内示は撤回された。わたしはあらためて組合の力を感じ、協力してくれた同僚たちに感謝した。

しかし、一方でわたしの心は複雑であった。むろん、教員に転任は付き物だということは頭では理解していた。が、いざ自分の身に降りかかると、「なぜ自分が」という思いが頭をもたげる。

四年前の組合執行委員としての活動が祟ったのか、それともすでに施行されていた校長による勤務評定が芳しくないせいか――。

内示は取り消されたものの、そんな思いが心のしこりとして残った。それは譬えてみれば、剥がれ落ちたジグソーパズルの一つのピースを無理に押し込めたときの感じとでもいおうか、なんとなくちぐはぐな違和感であった。

だから今回、千種高校への転任内示に対しては、来るべきものが来たかと、むしろさばさばとした気持ちでそれを受けた。

さて、そののち県内有数の進学校として名を上げる千種高校だが、当時はまだ市バスも満足に通らない新開地に、学齢期に達したベビーブーマーへの対応策として置かれた一新設校にすぎなかった。

内示を受けて初めて出向いた日のことは、今も脳裏を離れない。

雨の中、四月も間近というのに風は冷たく、郊外の停留所でバスを降りると、まだ舗装のされていない大通りはぬかるみの連続。北の方へ目をやると、小高い丘の上に一棟だけのコンクリート校舎がポツンと見える。あたりはすべて造成中の宅地と畑ばかり、通学路には雨水が溢れ、まるで川の浅瀬のようだった。ズボンのすそをまくり上げ、側溝にはまらぬよう注意深く歩いてようやく学校の敷地に足を踏み入れた。

そのとき、市内とはいえこんな辺ぴな片田舎で、この先何年勤めるのだろうという思いが一抹の寂しさとともにわたしを襲った。

だが、初対面のT校長は小柄で上品な紳士、話し方には優しさがあふれていた。

「本校は新設二年目ですが、今年度はじめて、間借りしていた明和高校からここへ引っ越してきました。先生方はみな新しい学校づくりに燃えています。あなたもこれまでの経験を生かして頑張ってください」

励ましの言葉を聞いているうちに、わたしの心にも新しい職場で働くことへの気構えが少しずつ芽生えてきたのだった。

球技大会の日の椿事と命の重み

その当時、県下の多くの新設校がそれぞれの特色を出そうと競い合っていた中で、千種高校も既設校とはかなり違った校則や行事を採用していた。たとえば男子生徒は全員短髪と決まっていた。意外な校則ではあったが、始業式の当日、講堂にズラリと並んだ坊主頭の男子生徒を見たとき、わたしはむしろそこに高校生らしい素朴さと勉強への意気込みを感じとったものであった。

また学校行事も、ひと味違っていた。その一つとして、ゴールデンウィークは休みを返上し、全校挙げての球技大会を行う、ということがあった。

そしてそのゴールデンウィークに、思いがけない出来事がわが身に起きたのである。

四月二十九日、天皇誕生日（当時）の朝、わたしは妻に見送られて家を出た。

「あなた、気をつけて。わたしはこんな身体だから駅までついていけないけど——」

という声を背に駅への道を急いだ。妻は二人目の子を身ごもっていて、出産日が間近だった。

広々とした造成地に囲まれた運動場は春の陽をいっぱいに浴び、生徒たちがバレー、テニス、ソフトボールなどに興じていた。

一年生のクラス担任であったわたしは、自分のクラスの試合を応援するために校庭の片隅を通って運動場へ向かっていた。そのときである。後頭部に突然グヮーンと衝撃がはしり、わたしはその場で気を失って倒れた。気がつくと、保健室のベッドに横たわっていた。

養護教諭の話では、野球の硬球が後ろからわたしの頭を直撃したという。そういえばたしか、通りすぎた校舎横で、二人の生徒がキャッチボールをしていたようだ——。

保健室でしばらく休んだ後、わたしは家までタクシーで送られ、そのまま近くの病院に検査入院をした。脊髄に太い注射針を刺しこまれ、髄液を取られた。その痛さたるや、いま思い出しても身の毛がよだつ思いである。

病院では、頭の痛みをこらえながら眠れない夜を過ごした。翌日、担当医から「今のところ脳内出血はないが、後になって出血する恐れもあるので、当分は安静が必要」という診断が下された。幸い学校は球技大会の最中で、授業の心配はない。休み明けまで家で休養することになった。

しかし帰宅はしたものの、妻の出産予定日は数日後に迫っており、家の中はのんびりできる雰囲気ではなかった。

急を聞いて駆けつけたわたしの母は妻を助けて家事をするやら、病人の面倒を見るやら、甲斐甲斐しく働いてくれた。その間にも、ボールをぶつけた生徒の親が謝りに来たり、T校長が見舞いにやって来たりして、その応対にも心を配る母の姿に、わたしは久しぶりに子どもに返ったような懐かしさと安堵を覚えていた。

数日たった五月三日、わたしの容態も峠を越えると、取るものもとりあえずやってきた母は、一度、着替えなどを取りに家に帰りたいと言い出した。しかし妻は、「おかあさん、明日が予定日なんですが——」と、目前の出産予定日を気にする。

「予定日に生まれることなど、滅多にないけどね」

と、母は笑いながら返したが、それでもその夜は泊まってくれた。

ところが時計が十二時を打ったとたん、出産の兆候が現れる。母とともにタクシーで直行した隣町の産科医院で午前六時四十六分、三九〇〇グラムの男児を無事出産。予定日ピタリであった。わたしが次男に対面したのはその二日後、体調も回復し、ようやく学校へ出たその帰りであった。

初めて見る次男は、顔一面が赤紫色で、驚きと恐れで一瞬、わたしは息をのんだ。父親の怪我が事なきを得たのは、この子が身代わりになって災難を一手に引き受けてくれたせいかとさえ思った。妻に問いただすとチアノーゼで、生まれたときはもっとひどかったという。

「わたし、この子の面倒を一生見ようと思ったくらい」

一週間後、チアノーゼは治り、わが家へ戻ってきた次男は、わたしの腕の中でずしりと重かった。

モデルとされた学校

千種高校へ転任した昭和三十九年は、少し前から始まっていた高度経済成長がいよいよ本格的な発展期を迎えようとしていた時期である。その火つけ役となったのが、東海道新幹線の開通(十月一日)と東京オリンピック(十月十日〜二十四日)であった。

アジアで行われる初のオリンピックであり、わが国はじまって以来の一大スポーツイベントで、国中がテレビに釘づけになったことを憶えている。とくに開会式は、十月十日(土曜日)の午後行われ、その日のテレビ視聴率は各社を合計すると八〇パーセントを超えている。

当日、宿直当番になった同僚の言葉が、今も耳に残っている。

「開会式に宿直が当たるとは、情けないよ。でもパレードがカラーで見られるから、まっ、いいかぁ」

「オリンピックはカラーで!」というコマーシャルに乗せられたわけでもあるまいが、まだ一般家庭では珍しかったカラーテレビが、千種高校の宿直室には新しく備えつけられていた。

しかしオリンピックを別にすれば、この年、わたしは世の中の情勢にほとんど無縁であったといっていい。この学校の新しいしきたりに慣れるのに、必死だったのである。それほど、ここはあらゆる面で前任校とは異なっていた。ようやく校内の状況が呑みこめるようになったのは、赴任して一年がたった頃であった。

ほとんどの学校では、一年を三つの学期に分ける三学期制を実施していたが、ここでは五つに分ける五期制が採られていた。五月、七月、十月、十二月、三月の各期ごとに定期試験が行われ、それが終わると教師・生徒・保護者による三者会談が開かれる。通知表などの成績資料はすべて、その三者会談で保護者に直接、手渡されることになっていた。進級条件はきびしく、年度末には各学年で数名の生徒が原級留置の憂き目をみた。

生活指導もそれに劣らず厳格で、制服・制帽はもちろん鞄や持ち物にも細かな規定があり、毎週一回行われた全校朝礼（当時はアッセンブリーと呼ばれていた）で、それらがチェックされ、違反する者には生徒課から厳重な指導がなされた。そのほか、登校時の遅刻や下校時の飲食店立ち入りは厳禁であったし、とくに他校との大きな違いは前にも触れたように男子の長髪が禁止されていたことである。

今から考えると、ここまでやるかという指導体制であったが、当時の生徒は素直に聞き入れ、いじらしいほどの頑張りを見せていた。千種高校のこのような教科指導や生活指導のきびしさは、その後に創られたいくつかの新設校のモデルとされた。

教職員の勤務条件もきつかった。毎日の授業は、だいたい三時には終わったが、教員が四時前に帰ることはご法度とされた。

教科指導については、すべての教員が年間の教案を立て、教務課に提出することが義務づけられていたし、年に一度は校内研究授業を実施しなければならなかった。

研究授業当日、担当の教員は朝から緊張を隠しきれない。校内だけの研究会といっても、同一教科の教員全員のほかに、校長や教頭をはじめ各主任も参観するからだ。そのうえ、事後には反省会があって、授業の仕方が逐一検討されるのだ。

「さあ、飲みに行くぞ」

会議が終わると、英語科教員の何人かは担当者の労をねぎらって、帰宅途中にある飲み屋で一杯やるのが恒例であった。

会議といえば、その最大のものは職員会議であるが、ここでも他校のそれとは大いなる相違があった。職員会議は伝達機関であって、議論したり決定したりする場ではなかった。学校運営のすべては、校長自らが主宰する校務委員会（各分掌の長で構成）で決定された。したがって職員会議では、教員はその決定事項に異を唱えることは許されず、ただそれをいかに支障なく実施していくかについて話し合うだけであった。

新しく転任してきた職員の中には、職員会議で自由に意見を闘わせながら方針を決定していくという、前任校のやり方に慣れていた者が多くいて、彼らはこの学校の上意下達の管理体制に疑問や不満を抱きはじめていた。

一方、T校長は律儀で部下思いの校長であった。家族主義的というか、自分の家族の一員のように教員と接し、よく面倒を見た。正月には、職員を全員自宅に招待したりして、相互の親睦をはかる人情校長でもあった。しかし、自分と違った考え方をもつ部下を受け入れる寛容さには乏しかった。それは、ある意味では、信念の人に共通の姿勢といえるかもしれなかった。

動乱の幕開け

昭和四十年、千種高校は創立三年目、完成年度（新設校の入学生が卒業する年度）を迎え、教職員数約六十人、生徒数約千四百人を擁する普通高校としての体裁を完備した。

教師の多くは、日常の仕事に追われていたし、生徒たちも授業やクラブ活動に余念がなかった。そんなとき、学園の平和に一石を投じる事件が持ち上がったのだ。

それは、夏休み明けのあるアッセンブリー（朝礼）の時間であった。校長の挨拶や生徒課主任の訓示が終わって、解散が告げられたとき、いつもなら生徒たちはぞろぞろと教室へ向かうはずであった。ところがその朝は、三年生の全員がその場に座り込んで動こうとしない。どうしたのかと不審に思っていると、生徒会長のF君が突然立ち上がって演説を始めた。何やら怒っている様子である。そのうち仔細が呑みこめた。生徒課の教員が体育館の入り口に乱雑に置かれた生徒のスリッパを回収し、捨ててしまったという。

「下駄箱に入れなかったのは、たしかにわれわれが悪いかもしれない。だからといって、生徒の私物のスリッパを捨ててもいいいんですか！」

F君が絶叫すると、何人かの拍手があった。生徒課の厳しい指導方針に反発しての、彼らにとって精いっぱいの実力行使だった。

教師たちの説得によって、間もなく生徒たちは教室にもどり、その場は治まったが、授業後が大変だった。関係職員による指導委員会が開かれ、F君の処置をめぐって遅くまで議論が続いた。同席したT校長は厳罰を望んだが、わたしを含めて若い教師たちは、座り込みの非はそれとして認めるにしても、教師側の指導にも問題が無いとはいえないとして、校長訓戒ですませるよう強く主張した。だが、衆寡敵せず、結局それより重い出校停止処分（たぶん三日）に決まった。おとなしく管理されていた生徒にもこんな元気があったのかと、わたしはあらためて彼らの若いエネルギーを見直したことを思い出す。

あたかも時を同じくして、それまで水面下で行われていた組合結成の動きが表面化してきた。前任校で組合執行委員を務めた身でもあり、比較的若い教員が多いということもあって、気づいてみればわたしは結成の中心人物に祭り上げられていた。

そしてその年の十月、愛高教に、千種高校分会として正式加入した。分会長に生徒課主任のS

さん、副分会長にわたしが選出された。管理職を除いてほとんど全員が組合員となった。T校長のワンマン経営への反発が、下地にあったものと思われる。

明けて昭和四十一年、愛知県の教育界は動乱の時代を迎えようとしていた。すでに数年前から他府県では授業カットにまで発展していた人事院勧告完全実施要求闘争は、保守王国の愛知県にもその余波がおよび始めていたのである。

ところでこの年、昭和四十一年には、教育界の動静とは直接関係はないが、大きな航空機事故が連続して起きている。試しに年表を繰ってみると、二月には全日空のボーイング727型機が羽田沖で墜落、百三十三人が死亡。その悪夢も醒めやらぬ三月、カナダ太平洋航空のDC8型機が羽田空港で着陸に失敗、六十四人が死亡。翌日、英国航空のボーイング707型機が富士山上空で空中分解、百二十四人が死亡。さらに十一月には、全日空の国産旅客機YS11機が松山空港手前で墜落、五十人が死亡とある。

事故は続いて起きるものとはいえ、これほど立て続けに起きると、何か天変地異の前兆のような不気味さを感じないわけにはいかなかった。

この呪われた航空機事故多発の年、それまで平穏を保っていた愛高教も、日教組が全国的に展開していた人勧完全実施要求運動にようやく歩調をそろえ、愛知県下初めての実力行使に踏みきろうとする動きが高まっていた。

昭和四十二年、愛高教本部は授業カットの方針を下部組織の各高校に打診してきた。それは、結成間もないわが千種高校分会にも下ろされてきた。実力行使をするかしないかで、何度も会議を重ねたが、挙句の果てに分会は、参加する者としない者との真っ二つに割れた。ついには脱退者まで現れるという、最悪の事態に立ち至った。スト反対のSさんは分会長を辞し、わたしが分会長に格上げされてしまった。

巷はもちろん、愛高教の中にも、教師が法律を破るのは許せないという意見と、教師にも生活を守る権利はあるとする意見が真っ向から対立し、教育闘争はもはや政治闘争にまで発展していた。

そんなある日、暗くなってから校門を出ると、一台の乗用車が後ろから近づいてきて、わたしの前で停まった。手招きされて中に入ると、二人の主任教師が乗っていた。二人とも、その騒ぎがもとで、脱退した元組合員だった。一人は運転席に、一人は後部座席にいる。わたしはその横に座った。

「いよいよストに参加するようですね。でも、そんなことをしたら、経歴に傷がつきますよ。あなたには次期主任として、校長さんも目をかけていますから。いい加減に、若い連中と縁を切ってはどうですか――」

そんな話が、停車したままの車のなかで、延々と続いた。

だが、わたしの決意は変わらなかった。わたし自身、授業カットには全面的に賛成したわけではなかったが、いまや分会長を引き受けた身である。血気にはやる若い組合員たちの、処分を覚悟のうえの心意気を知っていたからには、もはや乗りかかった船、いまさら降りるわけにはいかなかったのだ。

その年の十月の早朝、わが千種高校分会はすでに紅葉のはじまっていた近隣の公園に集合し、授業時間に一時間食いこむ職場大会を開いた。参加した者は十数名、千種高校組合員の三分の一にも満たない少数派であった。

だが、参加者の誰にも悲壮感はなかった。全国の民主化運動の大きなうねりのなかに身を投じたことに、むしろ誇らしさを感じていた。

そして、年の暮れも押し迫った十二月二十三日、予期したとおり、実力行使した組合員の全員に、訓告という懲戒処分が下された。わたしには、後悔はなかった——。

七〇年安保の頃

昭和四十三年、千種高校初代のT校長が退職した。そして、新設校特有の校風は次第に風化しはじめた。それまで禁止されていた長髪を認めるなど、服装や遅刻などについての厳しい規定は大幅に変更され、また教職員の勤務体制も自由度が増していった。

それとともに、学校内での組合活動も公然と行われるようになった。時あたかも、一九七〇年

（昭和四十五年）の安保条約改定の年を間近に控え、世の中は騒然としていた。

愛高教も闘争目標に安保条約破棄や沖縄返還闘争を掲げ、街頭デモをひんぱんに繰り返していた。運動の輪は全国に広がり、街頭には一般の主婦や高校生の姿も見られた。とくに、全学連の指導するデモは過激さを増し、しばしば警備の警官と衝突した。

昭和四十四年八月、本山事件が起きたのは、そのような状況の中であった。名古屋市の本山派出署が過激派によって襲撃され、火炎ビンが投げこまれたのである。

逮捕されたデモ隊の中に、こともあろうにわたしの担任クラスの生徒が二人いた。幸い実行犯ではないということで、大ごとにはならなかったが、千種高校を含めて愛知県の教育界に与えた衝撃は大きかった。

その年、千種高校は愛知県から研究指定校の委嘱を受け、二年がかりで「自主性を伸ばす生徒指導」というテーマで、全校的に研究実践に取り組むことになっていた。

本山事件の影響で、急遽「高校生の政治活動とその指導について」という部会が設立され、わたしは当該生徒のクラス担任でもあり、また生徒課に所属するということもあって、その部会の責任者として研究をまとめることになった。

しかし、昭和四十五年、世をあげての抗議にもかかわらず、安保条約の自動延長が決まるや、革新政党も選挙で大敗するなど、あの運動のエネルギーはどこへ行ったのかと疑わせるほど、反対運動は一挙に沈静化していった。

その空気は教育の現場にも反映し、わが千種高校でも指定校としての研究が終わるこの年には、それまで生徒の暴走気味の政治活動をいかに正しい方向に伸ばすかに腐心していた教師集団は、彼らの中に新しく漂い始めた意欲の喪失や退廃ムードに直面することになり、今度はいかにして彼らの社会的関心を刺激し、民主的生活態度の確立を図るかという、前年度とは正反対の主題に取り組まざるを得なくなっていた。

しかし一方、愛高教は実力行使の体制を固め、はじめて日教組統一行動に参加した昭和四十二年以来、毎年、授業時間に一時間食いこむ一斉休暇闘争を行っていた。そして年の暮れには、懲戒処分を受けるという、年中行事の繰り返しであった。

千種高校では、わたしを含め三分の一の組合員がそれに参加し、スト派と非スト派はハッキリと色分けされるようになった。

他校ではしばしば両派が対立したり、分裂したりする現象が生まれ、ついに教育正常化の名のもとに第二組合の結成にまで発展したが、わが千種高校ではそのような動きはなく、両派とも一つの組合にまとまっていたのは、分会長の役を引き受けていたわたしにとってありがたかった。

教育実践と組合活動という、そんな慌ただしい現場の雰囲気の中で、わたしは自分の専門教科の力が衰えていくのではないかという心配にも悩まされていた。

何とかそれを防ぎたい、そんな思いからわたしは、その頃、教育活動とは直接関係のない仕事を二つ行っている。

ひとつは、英語論文「エドガー・アラン・ポオの背景」（原題・The Background of Edgar Allan Poe）を書き上げたことで、これは大修館発行の「英語教育」（昭和四十四年十月号）に採用され、紙面を飾った。

もうひとつは、当時、名古屋にあった通信教育の教材を出版している洛英社に頼まれて『英文解釈演習』と『英文法・英作文』という、二冊のテキストを出版したことである。

原稿を書きながら、こんな大事な状況の中で、こんな個人的なことに時間を費やしていていいのかという、後ろめたさのようなものを感じていたことを憶えている。さらに、報酬としてわずかながらも原稿料をもらったことが、いっそうそんな気持ちに拍車をかけたのであろう。

個人的といえば、その頃のわたしの家庭生活にも、さまざまな変化があった――。時を追って記せば、次のようである。

次男を出産した頃から妻は胆石の持病に苦しむようになり、ひどいときは夜中に何度も発作を繰り返した。結局、除去手術を受けることになって昭和四十年の秋、彼女は名古屋大学附属病院に約一か月入院した。その間、生後一年半の次男と幼稚園の年長組の長男を連れて、わたしは春日井の実家に厄介になることにした。母や兄嫁が、ありがたいことに親身になって面倒を見てくれた。

手術の日、忘れられないことがあった。付き添ったわたしに、担当医は手のひらに載せた十個ほどの胆石を見せてくれた。こんなに多くの石が、胆のうの中にあったからには、彼女の痛みはさぞ大きかったに違いないと納得したが、さらに、ひと粒、ひと粒がおよそ一センチ大の胆石は、きれいな緑色をしており、まるで宝石のように輝いていることに驚いた。というよりむしろ、人体の不思議に異様な感動を覚えたことを思い出す。

「惜しいことをしたわ。記念に、もらっておけばよかったのに――」

いまだに、妻はわたしにそう言う。

翌四十一年三月、わが家は住みなれた緑区の鳴海団地から、千種区の星ヶ丘団地に移転した。当時、市営地下鉄は東山公園駅までしか来ておらず、有松から満員の名鉄電車と地下鉄に、さらに名鉄バスという具合に乗り継いで千種高校まで通勤すると、ゆうに一時間半はかかった。そんな事情から公団に提出していた転居願が何とか聞き入れられ、この星ヶ丘団地に移ることができた。通学時間はいっきょに短縮され、ものの三十分もかからなくなった。文字どおり通勤地獄から解放され、天国に住んだ気分であった。

その翌年、長男は、同じ団地内にあって家から一分とかからない小学校に、ピカピカの一年生として入学している。

そして、昭和四十四年十二月十四日、長らく寝たきりであった父が満七十五歳四か月で亡くなった。喜寿を前にして、さぞ残念であったろう。

昭和四十六年三月、わたしは転任の辞令をもらい、この思い出深い千種高校を去ることになった。こうして、長いようで短い、七年間にわたるそこでの生活は終わった。

《様々な教育活動》

伝統校へ転任

昭和四十六年、わたしは名古屋市内の県立昭和高校へ転任した。そこは名古屋市の南部に位置する伝統校で、その年はちょうど創立三十周年に当たっていた。

新しく割り当てられた校務分掌は、生活指導部であった。本館は古い木造校舎で、その一階に生活指導部の部屋があった。いかにも年代を感じさせる薄暗くて狭い部屋に、わたしは四人の同僚たちと共に配属された。

分掌主任のKさんはわたしより四歳年上で、穏やかな人柄の数学教師であった。生活指導部室には場違いのソファーが設えられていて、休憩時間には教師たちはそこで喫煙したり談笑したりしてくつろいだ。放課後には生徒たちがやってきて、教師と話し合う風景もよく見られた。

安保闘争の余波も治まり、とくに問題を起こす生徒もなかったが、生活指導の教師としてはクラブ活動の事故や突発的問題行動に備えて、授業後も遅くまで居残るのが常であった。そんなとき、わたしは主任のKさんと、よく碁盤を囲んだものであった。

さすが伝統校だけあって、校内にはそれまで七年間在籍した前任の千種高校のようなピリピリした緊張感はなく、全体的にいい意味でのんびりとした空気が漂っており、生徒もおとなしく、人懐っこさが肌で感じられた。それもそのはず、初代校長の遠藤慎一先生は人格・識見ともに優れた人情校長として県下に知られており、創立時の校訓〈愛・敬・信〉の精神は校内にあまねく満ち溢れていたのである。

いま思い出しても、昭和高校での最初の一年は、何の屈託もない日々の連続であった。そんな穏やかな日常を象徴するような出来事が一つあった。

たまたま生活指導部室でわたしと机を並べていた同僚に、名古屋大学理学部出身の若い教師がいた。いかにも理論物理学の専攻者らしく、現実より理想を求め、行動より思索を好むといった学者肌の青年であった。その彼がいつの間にか東京の有名女子大出身の、これも同僚であった英語教師と意気投合したらしく、ある日わたしに「彼女と結婚したいが――」と、相談を持ちかけてきた。

「いい娘《こ》だよ。頭もいいし、気立てもいい。ボクだって惚れたいぐらいだ」

わたしのその一言が決め手になったのかどうか知らないが、彼は結婚を決意し、わたしに縁結びの役を依頼してきた。校長さんに頼んだらと断ったが、どうしても頼むという。若輩ながらわたしは初めての仲人を引き受け、翌年の三月に彼らは結婚した。

ところが翌四十七年の新学期になると、それまでのいわば春風駘蕩たる生活は一変した。新年度の四月に校内の人事異動があり、まるで降ってわいたように、わたしは図書館主任の役に就くことになった。図書館主任といえば、普通は一般に閑職とみなされていたが、その年はそうではなく、大きな課題を抱えていた。

というのは、わたしが赴任する以前から、建築工事が行われていた新校舎がいよいよ完成し、図書館は今までの木造の部屋から、新しい校舎の四階に設置された部屋に引っ越すことになっていたからである。そしてその大変な引っ越し作業は、夏休み中旬の出校日を利用して行われることになっており、それまでに準備を万端終えなければならなかった。

夏休みになっても、司書教諭を含めて四人の図書部の職員には休暇がなかった。毎日出校し、図書委員の生徒といっしょに、何冊かの図書を紐で括って持ち運びやすいような束にする作業に没頭した。

夏休みの出校日は、例年のように八月十六日であった。朝から生徒全員が旧図書館に集められ、各自が十冊ほどの本の束を抱え、延々と蟻の行列よろしく、新館の四階まで移動した。生徒はこの運搬行為を何度も繰り返し、お陰で引っ越しは午前中いっぱいで何とか終了した。

だが、それから後の整理は、われわれ図書部の職員の義務であった。一冊一冊分類しながら、所定の棚に並べなければならない。この仕事が夏休みの後半ずっと続き、気がつくともう二学期が始まろうとしていた。

こうして、昭和高校での勤務は、一年目の牧歌的雰囲気とそれを打ち破る二年目の苛刻な苦役とに特徴づけられた。

男子一生の仕事

昭和高校での多忙を極めた図書館主任の役目は、二年で交代した。次に与えられた校務分掌は、新しく入学した学年のクラス担任であった。この学年は、三か年持ち上がりで、無事卒業させている。その頃の学校生活は、とくに目立った変化もなく、平凡に過ぎていった。

その間に、わたしの個人的生活には、忘れられない出来事が二つ起きている。一つは、現在の名東区宝が丘の地に、家を建てたことである。

土地は、その数年前、地元の土地整理組合の売り出した造成地を運良く落札したものだが、それについてはちょっとしたドラマがあった。

ある日、妻が同じ団地に住む知人のSさんから、藤が丘にある土地整理組合が保留地を売り出すというニュースを聞いてきた。そして一緒に行かないかと、誘われたという。

「何でも、昼食にいなり寿司を出すというから、あなたも行ってみない?」

寿司に惹かれたわけでもないが、わたしは妻のお供をし、Sさん夫妻と一緒にその入札会に出かけた。

会場は寺院の一室であった。教室ぐらいの広さの部屋は、土地目当てのブローカーや個人の客でごった返していた。

坪単価の最低落札価格が十万円から二十万円もする物件のなかで、一つだけ十万円以下の安いものがあった。どうせ落札できるはずもないと思い、最低値を書いて入札すると、ほかに誰も入札した者がなく、何と、当たってしまったのである。百坪の土地だから、計ウン百万円である。当時の月給は約十二万円、とても手の出せるものではなく、一時はやむなく放棄しようと思った。ところが一方、Sさんは別の区画を入札して失敗していたので、どちらからともなく、わたしの落札した百坪の土地を折半してはどうかということで話がまとまり、購入することに決めた。半分にしても五十坪、いずれにしろウン百万円である。貯金をかき集め、残りは共済組合から借金をして、ようやく手に入れた。

新築家屋は、その頃に起きた福井大地震でも唯一倒れなかったという宣伝に乗せられて、鉄筋のプレス・コンクリートを選んだ。むろん、伊勢湾台風で木造建築の恐ろしさを体験していたせいもあった。土地購入で貯金は底をついており、建物の資金はすべて共済組合からの借金であった。昭和四十七年秋ごろに着工し、四十八年の夏休みに完成、入居した。私製の年表を見ると、途中でオイルショックが始まり、建築資材の不足から、完成が予定以上に延びている。それにしても、幸運だった。契約がもう半年遅かったら、資材はもっと値上がりしていたであろう。

この地に終の棲家を定めたのかと、いささか感慨に耽ったことを憶えている。独身の頃は、家を建てるなどとは思ってもみなかったことだけに、われとわが心変わりに驚くとともに、家族を持つ意味の重大さをあらためて思い知った。

二つ目は、四十九年の夏、意志薄弱のわが身にとってまさに金字塔とでも称すべき、禁煙に成功したことである。

わたしの喫煙歴は専門学校時代にさかのぼる。中学時代の悪友にそそのかされたのが始まりで、以来二十数年一日も欠かしたことがなく、それも年々量が増え続け、その頃は一日に二十本入りを一箱半ぐらい吸っていた。歯は脂で赤黒くなり、年中咳をしていた。

授業の合間の放課時間は、大半がタバコを吸うことに費やされた。

「これでは、タバコを吸うために授業をしているようなものだナ」

同僚と、よく冗談を言ったものである。

家では、妻の小言が耳に痛かった。

「あなただけではないのよ。副流煙で、わたしや子どもたちも被害者よ」

わたし自身、何度止めようと思ったかしれなかったが、優柔不断のこの身はタバコの魔力にがんじがらめにされていた。

そんなある日、同僚たちと飲み会があって、二次会、三次会と深酒をした。帰宅して就寝したまではよかったが、夜半、気持ちが悪くなって、嘔吐した。便器が真っ赤な血で染まった。

翌朝、近くの丸茂病院に入院した。急性胃潰瘍だという。三日の間、飲まず食わずで、点滴だけの生活であった。意識はもうろうとしていた。後日、妻の語るところによれば、わたしは毎日タバコをせがんだらしいが、妻は頑として受け入れなかったという。

四日目の朝、退院した。病室を出て歩きはじめると、身体に力が入らなくて、なんとなく胸のあたりがおかしいのだ。初めは絶食のせいかと思ったが、そうではなく、三日の絶煙で肺がストライキを起こしているのだと知った。

家に帰ってからが大変だった。タバコへの肺の渇望はさらに大きくなり、居たたまれない胸苦しさが全身を駆けめぐった。だが、わたしの心には新しい意志が生まれていた。

〈今まで不可能と思っていた禁煙が、三日もできたんだ！　せっかくの成功だ。負けてたまるか。もう少し我慢して、肺の苦しみがどんなものなのか、一緒に味わってやろう〉

そんな決意で、わたしは静かに肺の発する苦悩の声を聞くことにした。荒れ狂った猛獣はわたしの気持ちを察してくれたのか、日を追うごとにおとなしくなっていった。こうして、わたしはヘビースモーキングという二十数年来の宿痾《しゅくあ》を克服した。

人はよく、家を建てることは〈男子一生の仕事〉だという。だが、わたしにとって、禁煙はそれに劣らず、大事業であった。この時期、わたしは男子一生の仕事を二つ成し遂げたと思っている。齢四十三から四十四にかけての頃である。

初めて海を渡る

教職に就いてから長い間、わたしには一つのコンプレックスがあった。それは英語教師でありながら、英語のふるさとに足を踏み入れたことがないことだった。教室で教える英語や英米文化のほとんどは、活字か映像を通して得られた、いわばセカンド・ハンドの情報にすぎなかった。生きた英語に接したい――、英米の文化や文明をじかに目にしたい――、そんな思いが心の奥底に滓のようによどみ、ことあるごとに吹き出すのであった。

教室で教科書を開く。するとそこには、英米の風物や世界の遺産が美しく掲げられてある。だが悲しいかな、実物を見ていない者にはそれらの説明はお座なりにならざるを得ないし、ましてや感動を伝えるなんてことはそもそも無理である。写真を見るたびに、歯痒い思いをしたものである。

そんななか、昭和五十一年の夏休み、同じ英語科のMさんとOさんが教職員互助会主催の海外研修旅行に参加するという話を聞き、わたしは即座に彼らと行動を共にすることを決意した。日通主催のヨーロッパ六か国を巡る「スペシャル二十二日間の旅」である。

ちょうどその頃、日本はバブル景気の兆しもなく、教員の給与は安かったし、一般庶民にとって海外旅行はまだ珍しい時代であった。為替レートは現在とは比較の対象にもならないほど円安ドル高で、一ドル三百円もしていた。

おまけに、わが身は自宅建築から三年足らずの借金生活のさなかである。旅行費用の五十万円は大金であった。わたしは、なかなか切り出せなかった。

それでも、勇を鼓してと言いたいが、実はおずおずの態で申し出たわたしに、

「勉強のためでしょ。行ってらっしゃい」

と妻は言って、気前よく承諾してくれた。

わが家にも山内一豊の妻がいたんだ――、と言えばいささか浪花節めく。だがそれは、平素、亭主の小遣いにもうるさい倹約家の妻が、いざというときに見せた物惜しみしない大らかさであった。お陰で、感謝の旅立ちとなったのである。

出発は、夏休みに入ってしばらくした七月三十一日、羽田空港からであった。妻は子ども二人を連れて、見送りに来た。妻たちはわたしと別れたその足で、横浜市にいる義弟の家に厄介になり、そこで数日間、横浜見物をしたという。

午後から夕方にかけて、羽田空港のホテルで結団式と説明会があった。それが終わって搭乗のエールフランス機が離陸したのは、夜もかなり更けてからであった。機はアンカレッジとド・ゴール空港を経由、翌八月一日の早朝、イギリスの上空に入った。

眼下には、初めて目にするイギリスの平野が、美しい緑の絨毯となって地平線にまで広がっていた。

眺めながら、わたしは「ヨーロッパには雑草がない」と言った昭和の哲学者和辻哲郎の言葉を思い出していた。

しばらくすると、緑の絨毯は街並みに変わりはじめ、やがて大都会に変貌していった。その頃になると、わたしの感動は頂点に達した。思わず心の中で、

「翼よ！　あれがロンドンの街だ！」

と、叫んだ。初めて大西洋横断飛行を行ったリンドバーグの「翼よ！　あれが巴里の灯だ」という言葉に、たぎる思いを重ねあわせていたのだ。

現地時間で午前八時過ぎ、機はロンドン・ヒースロー空港に降りた。所要時間十九時間という長い搭乗時間であったが、それも期待に胸膨らませる旅行者にとっては短い一夜にすぎなかった。

これがわたしの海外旅行の幕開けであった。その後、わたしは何度も海を渡ることになるが、いまだに脳裏に強く刻まれているのは、初めてのヨーロッパ旅行、とりわけイギリスで見聞した出来事の数々である。

われわれ教育研修団の一行約四十人がロンドンで最初に泊まったホテルは、古色蒼然、いかにも歴史を感じさせる建物であった。しかし中に入ってみると、驚くことばかりであった。

第一、エレベーターが故障していて、三階まで旅行鞄をひっさげて上らなければならなかったし、さらにシャワーを浴びようとバスに入ると、建て付けが悪くドアがよく閉まらないのである。見ると入り口に貼り紙があって「このバスは改築したらいっそう悪くなった。これは工事請負会社の責任であり、当ホテルのあずかり知らぬところである」という意味のヨコ文字が書かれてあり、請負会社の名前が堂々と記されていた。

日本では考えられないことであるが、そんな会社に頼んだホテルの責任はいったいどうなるのだろうか。しかし、どうもそれは工事を行った会社が負わねばならないとするところが、いかにも個人主義の国イギリスらしい考え方だと、つくづく文化の違いを感じさせられた。

心浮きたつ初めての外国旅行の中で、このようなホテルの設備の悪さだけは今でも強く印象に残っている。思えば一ドル三百円時代、三週間のヨーロッパ旅行にしては、五十万円は安すぎるのである。どこかに落とし穴があるのではないかと、旅行に先立って警告してくれた友人もいた。〈そうか、しわ寄せはホテルだったんだ〉と、そのときあらためて彼の言葉を思い出していた。

以後、その旅行中に訪れた国々でも、ホテルはすべて二、三流だったが、とくにイギリスのそれはひどかった。というのも、その頃、イギリスはまだ戦後の経済不況のなかに低迷していたからである。

市内観光に出かけたとき、専用バスからロンドンの街を眺めると、ビルのそこかしこに〝TO LET〟(貸し屋)という看板が見られた。日本から付き添った添乗員によれば、ロンドンは不景気で、なかなか借り手が見つからないという。ついでながら彼によれば、以前案内した日本人観光客の中には、この表示を〝TOILET〟と間違え「なぜ、ロンドンではこんなにトイレが多いのか」と尋ねた人もいたと打ち明け、一行を笑わせる。

午後、オックスフォード大学のウェストミンスター・カレッジを訪問し、若い校長の話を聴いた。それによれば、現在、英国最大の関心事は「いかにして働く意欲を高めるか」だという。最後に「とくに、若者の労働意欲の低下がこの国の不況をもたらしています」と締めくくった。聞きながら、わたしは〈イギリス病〉という言葉を思い出していた。

当時、その言葉は世界のマスコミで流行しており、日本でもしばしば聞かれていた。第二次大戦直後、英国労働党内閣は〝ゆりかごから墓場まで〟という福祉政策を実施したのだが、それに安住して労働意欲を喪失したイギリス人を揶揄したものであった。

だが、校長の説明からは、イギリス人自らが彼らの病弊を自覚し、その回復の道を模索しているニュアンスもうかがわれ、新鮮な驚きを感じたことを憶えている。ちなみに、その後には鉄の女サッチャーが登場し、強力な引き締め政策で〈イギリス病〉の克服を図っていくことになる。

カレッジでもう一つ印象に残ったのは、不況だといいながらも校内の設備はとても行きとどいていたことだった。とくに、立派なテレビ室には何台ものテレビが並べられてあったが、それらはすべてソニー製品であった。その事実が校長の話に重なり、あらためて戦後いち早く復興した日本人の勤労意欲やメイド・イン・ジャパンの技術力を想起させ、われわれ一行の自尊心をくすぐった。

だが、それはいっときのことであった。

それから訪れたテムズ河畔沿いの国会議事堂やビッグ・ベンの威容、そして世界中の文明と文化を網羅した大英博物館の桁外れの規模などをつぶさに見てまわると、メイド・イン・ジャパンの夢など消し飛んでしまった。いくら不況にあえぐイギリスといえども、何百年にもわたって培われてきた文明の底力は圧倒的である。

大英博物館を出るとき、同僚のOさんと交わした言葉を今でも思い出す。

「イギリス本国ではただ〈ブリティッシュ・ミュージアム〉というのに、なぜ日本人はわざわざ〈大〉なる冠をつけて、〈大英博物館〉と呼ぶのかな?」

「いつ、誰がそのように呼び始めたのかは知らないが、最初この博物館を訪れた日本人たちがその巨大さに驚いたからじゃあないかな」

彼らに〈大〉の文字を使わせたのは、明治以来、模範とした大英帝国への畏敬の念であったかもしれなし、悪くいえば権威におもねる西洋コンプレックスの表れであったかもしれない。いずれにしても、〈大〉なる修飾語を用いたくなるのも無理からぬと思わせるほど、素晴らしい博物館であることは確かであった。

にもかかわらず、わたし自身が驚いたことに、ここでは入場料が一切無料であった。膨大な資料の保全経費や運営費などは、すべて政府の補助金と一般の寄付金でまかなわれていると聞いた。考えてみれば、植民地政策華やかなりし時代、世界各地から略奪した歴史的遺物や美術工芸品の数々を、入場料を取って見せたのでは世界が許さないであろう。ひょっとすると、イギリスは無料にすることによって、過去の植民地時代の贖罪をしているのかもしれない。

そのとき、大英帝国の光と影という言葉が頭をよぎった。光が強ければ強いほど、影はあらわになる――、そんな思いを抱きながら、わたしは大英博物館を後にしたのであった。

話し方を学ぶ

昭和高校では、生活指導部を一年、図書館主任を二年、担任を三年務めたあと、わたしは新たに生活指導部長を任されることになった。昭和五十二年のことである。

しかし、それを引き受けるに際して、わたしには悩みがひとつあった。それは、自分の話し下手という性質であった。

生来、引っ込み思案のわたしは、人前で話すことが苦手であった。寡黙な父親に似ているのだろうか、家ではあまりしゃべらなかったので、男たちの口数の少ない分、実家の母にせよ、妻にせよ、女たちはいっそうしゃべることに情熱を燃やすようであった。わたしはもっぱら、聞き役に徹するのが常であった。

「あなたは話し下手というけれど、不思議ねえ。学校の先生は話すのに慣れているはずでしょ」

と、妻はいつも口癖のように言う。

妻にかぎらず人はよく、教師はものをしゃべるのが商売だから、話はうまいはずだと思い込んでいるようである。しかし、それは国語や社会科の教師にはいえるかもしれないが、英語の教師は違うのだ。

国語や社会科の教師は、教科書の解説にせよ、自分の意見の披瀝にせよ、とにかく一つのテーマにもとづいて話すので、話をまとめるのには慣れている。しかし、英語教師の教室での働きは、せいぜい文法の説明をするか、さもなければ生徒の訳した英文の間違いを正し、模範訳をつけることぐらいで、なにか一つのテーマを取り上げてしゃべるということはほとんどない。だから、英語教師に話のうまいのはあまりいないというのが、わたしの経験から得た結論である。

この点、国語教師に文章のうまいのがあまりいないのと、好一対をなしているようだ。ちなみに、ある国語教師の言うには、彼らはたいてい〈眼高手低〉であるらしい。つまり、文章を見る目が肥えているだけに、自分の文章のアラが見えてしまい、書く気がしないそうである。

ところで、わたしが悩んだ理由は、他にもあった。それは、教師でありながら、訓話という大仰なものが昔からあまり好きではなかったということだ。いま思うに、訓話漬けであった戦時教育に対する反感が、自分の体質として定着したせいかもしれなかった。

そういうわけで、生活指導部長を引き受けたとき、生徒たちの前で何とかソツなくしゃべらなくてはならないという自覚が、重い負担となってのしかかってきた。他の分掌と違って生活指導部長は校内で集会があるたびに、千五百人の生徒を前に、学習や生活上のさまざまな問題について話をしなければならなかったからである。

そんな役目を果たす場面は、二つあった。一つは、月に一度ぐらいの割合で行われたアッセンブリー（朝礼）という全校集会であり、もう一つは、毎学期の始めと終わりに行われる始業式や終業式である。

とくに夏休みや冬休みを控えた学期末の終業式では、校長の訓話に続いて、生活指導部からの諸注意が大きな比重を占めていた。

学校が休みになれば他校生とのクラブの試合や交流会があるし、友人と街へでて遊ぶ機会もふえる。飲酒・喫煙・その他、いろいろな問題で他校の保護者の風紀係に補導されることもいくつかあった。昭和高校の生徒はおとなしいという評判を得ていたが、それでも休暇明けには、生活指導部職員は問題を起こした生徒の指導措置をめぐって忙しくなったものである。そのようなことがないように、事前の注意は欠かせない仕事であった。

だが、生徒たちはなかなか教師の話は聞かないものである。勉強の話はまだしも、とくに生活上の問題、遅刻をするな、服装をきちんとせよ、掃除をさぼるなというような、細かな生活の乱れや規則違反などについての注意などには、うんざりの表情を浮かべたり、ときには周りの者と私語さえ始めたりする。そんな例は経験上、いやというほど知っていた。

だからこそ、何とかして生徒たちに聞かせる話をしなければならない。そのためには彼らの心に訴えるものがなければなるまいと、あれこれ悩み、苦しんだすえ、訓話集や講演集、あるいは話し方の本など、何冊も買って読んだものである。

そのうち、どのようなエピソードを交えれば彼らの興味や関心を惹くことができるのか、どのように話を組み立てれば感動が湧きあがるのか、曲がりなりにも分かりはじめたのは、なんども生徒たちの前に立ってからであった。

話すうえで、わたし自身が留意した原則が二つあった。一つはただ、ああせよ、こうせよというだけでなく、なぜそうしなければならないかを、ものごとの本質にまでさかのぼって考えさせることであった。たとえば、なぜ規則が必要か、勉強と生活はどんな関係があるのか、勉強の目的は何かなど、問題を彼らに投げかけることであった。

もう一つは、身近な仲間や卒業生などの事例や、ときには歴史上の人物たちがどんな生活を送ったか、どんな勉強をしたかなど、具体的なエピソードを多用しながら彼らの興味と関心に訴えることであった。

しかし、だからといってこの原則どおり話が進んだわけでもないし、彼らの心を捉えたわけでもなかった。〈言うは易く、行うは難し〉である。われながら満足のいく話ができたと思えるものは、ほとんどなかった。

わたしの話し下手は、いまでも変わらない。だが「話すこと」の要領にしだいに慣れ、「話すこと」の必要性を自覚できるようになったのが、このときの悪戦苦闘の賜であることは確かである。その意味で、生活指導部長の役を与えられたことは、得がたい経験であったと思う。

コンピューターによる因子分析

生活指導部長になって二年目、それまでのK校長に代わって新しくS校長を迎えることになった。

昭和五十四年の春のことである。時を同じくして、愛知県の生活指導研究指定校となり、生活指導部にとって何かと慌ただしい生活が始まった。

まず、研究のテーマとして選んだのは、「生徒の意欲を高めるための生徒指導」である。このテーマを選ぶには、それなりの理由があった。

その頃の昭和高校は、校訓〈愛・敬・信〉を旗印に、師弟愛と家庭的雰囲気を校風として県下でも有名であったが、一方ではそれがむしろ無気力さと事なかれ主義の温床となっているのではないかという批判もあった。だからこの機に、そのような退嬰的な空気を一掃し、積極・果敢な校風の樹立に取り組もうではないかというのが、生活指導部職員の一致した見解であった。

さて、テーマは決まったのであるが、それを具体的にどのような手続きで進めていくかが問題であった。議論をかさねた結果、まず生徒の意識や行動の実態を正しく把握することから始めようということが決まり、そのためにアンケートを実施することになった。

アンケートの目的は、生徒の学習意欲が生活習慣の確立とどのようなかかわりを持つかを明らかにすることである。教師の日常の観察では、規律正しい生活を送る生徒は一般に学習意欲も高いが、生活の乱れた生徒は学習意欲も低いという共通認識がある。それは果たして正しいことか。客観的に裏付けられることなのか。

そんな疑問を解決する方法として、あるとき生活指導部の会議に同席したS校長は、コンピューターによる因子分析の方法を推奨した。

因子分析とは、多変量解析の手法の一つで、生徒集団の中にある行動の因子を抽出し、その全体像を把握しようとする試みである。ただ生徒全体の傾向をパーセントで把握するのではなく、彼らの行動と意識の内部にあって彼らを動かしている要因は何かを探ろうというのである。

当時、S校長はすでに時間割編成プログラムのソフトを開発するなど、教育界へのコンピューター導入の先駆者として名高かった。文系のわたしはむろんのこと、他の生活指導部職員も、そのような統計的処理には疎かったので、校長の指導を受けながら、生活指導部一丸となって全校アンケートの実施や、結果の分析作業を進めていった。その結果、明らかにされた生徒の実態にもとづき、いくつかの新しい行事を職員会議に提案するなどして、指導体制の確立を図っていったのである。

その成果については、翌年の「研究指定校による研究集会」で発表し、また当時の校内研究誌「昭和高校研究レポート」にもその詳細を載せた。

今、わたしはそれらの資料を眺めながら、当時を懐かしく思い出しているが、ここにその一端を示しておこうと思う。

分析結果が明らかにした本校生徒の実態

・低学年では学習態度と生活態度の間に密接な関連があって、両者の態度を結びつける因子が多く見られるが、学年進行とともに分離し、ときには反比例するようになっていく。

・とくに低学年では、勉強以外の運動その他に興味のある者のほうが、勉強への熱中度も高い。また、学校行事などに積極的に参加する者のほうが、授業理解度も高い。

・高学年になると、勉強に集中する者に遅刻や行事のサボりが多くなり、学習態度と生活態度の乖離が見られるが、これらの現象は受験制度の反映だと解された。

・英語の好きな者が最も学習態度が良好である。それは英語の勉強が継続的努力を必要とし、それが高度な学習習慣の確立につながるからであろうとされた。

・家庭生活への満足度の高い者ほど友人の数は少なく、満足度の低い者ほど友人が多い。意外な結果であるが、友人の多さは社会性の表れでもあるが、同時に家庭的不満に関連があることも考慮すべきだとされた。

・学校生活に満足する者は、高学年では授業に満足する者だが、低学年では先生や友人に挨拶のできる者である。低学年では挨拶の励行が集団生活への適応をもたらすとされた。

・全体として、男子の生活態度は「自律性」に優れているが、「適応性」に問題がある。すなわち基本的生活習慣やきまりを守る態度は身についている者が多いが、一方では家庭や学校に満足している者に、かえって甘えが見られ、遅刻や服装の乱れが多い。

・女子の生活態度は全体的に「協調性」に優れているが、「公共性」に問題がある。すなわち、校内清掃や交通ルールを遵守する生徒が、服装違反や下校時の寄り道をする。彼女らの公共的態度はむしろ「集団志向性」に基づいているからではないかとされた。

分析結果から構築された新しい生徒指導体制

・「学習態度と生活態度との一体化」。因子分析によれば、学習態度と生活態度とは驚くべき密接な関連をもっている。両者の一体化は今後の追求目標となる。
・「反復練習の励行」。学習指導を「習慣的行為」として捉え、その定着をはからねばならない。学習指導は「基本事項の反復練習」を合言葉として行う。
・「クラブ活動の全員加入制」。学習意欲を高めるためには、学習以外の諸活動に積極的に参加させるべきである。一年生の課外クラブ活動を自由加入から全員加入に改める。
・「サマー・スクールの実施」。集団生活には適応が大切である。そのために新入生への適応指導として、五十六年度から一年生のサマー・スクールの実施を決定した。
・「挨拶の励行」。適応のためには挨拶の習慣が必要だ。挨拶という形式から他人への敬愛の心が生まれる。「形」から「心」へという古来の伝統を「しつけ指導」に生かすべきだ。
・「指導に厳しさを」。努力を伴わない適応は無価値だ。度を過ぎた適応は意欲の喪失をきたす。意欲は環境との緊張感の中に生まれる。「厳しさこそ意欲の源泉」である。

・「他律から自律へ」。「自律性」の涵養はまず教師の「他律的」指導から始まる。生活習慣となって定着するにつれ、それは次第に自己の中に自己を規制する「もう一つの自己」の成長を促し、やがて自分で自分を規制する「自律的生活態度」が確立される。

さて、読み返してみて、研究がとかく机上の空論に終わる多くの例と比較すると、これはともかくささやかながら実践と結びついた研究であり、それなりの価値あるものではなかったかと自負している。

だが、この校内研究の成果が県内だけでなく、広く県外にも波紋を広げることになろうとは、そのときのわたしは夢にも想定していなかった。

管理教育の汚名を着せられる

研究発表の終わった翌年のある日、わたしはS校長に呼ばれて校長室に入った。

「東京の学事出版から『高校教育』という月刊誌が出ているが、これに研究指定校として先生の纏めた研究成果を書いてもらいたい。向こうの編集長を知っているので、載せるように頼んであげるから」という話であった。

昭和五十六年、わたしは「高校教育」の五月号に「コンピュータを導入しての生徒指導」というタイトルの論文を発表した。それがいわば呼び水になったのか、その後、原稿依頼があって、学習研究社の「学習コンピュータ」に「生徒指導にも生かすデータ分析」という記事を、さらに再び学事出版の「高校教育」に「コンピュータを活用した教育活動」なる記事を、それぞれ書いた。

これらの文章が宣伝効果を発揮したためであろうか、その頃、県外の高校から昭和高校への学校訪問が相次いだ。一つには、当時普及しつつあったコンピューターの利用実態を知りたいという気持ちが、多分どの高校にもあったからだと思う。もう一つには、教師と生徒という人間的触れ合いを基盤とする生徒指導の領域に、コンピューターという言わば非人間的手段を導入することへの違和感が、多くの教師の好奇心を呼んだのかもしれなかった。

いずれにしても、その頃の昭和高校は、生活指導部だけでなく、教務部の成績処理や時間割作成はもちろん、進路部、事務部、図書部、保健部など校内のほとんどの分掌で、コンピューターが利用されていて、視察訪問にやって来た他校の教師たちは、その多彩な電算機処理システムに感嘆したようである。わたしを含めて、訪問団に説明する教師たちの声も生き生きとしていたことを憶えている。

ところが、「好事魔多し」というが、愛知県のみならず他県でも有名になった昭和高校のコンピューター利用の教育に、水を差すような動きが出はじめたのである。

それはまず、その頃連載していた朝日新聞の「続・平和の風景」シリーズ（昭和五十六年）に端を発し、次いで毎日新聞の「教育を追う」シリーズ（昭和五十七年）が後に続いた。いずれも、昭和高校のコンピューター導入に触れ、それが管理教育を推進する手段とされているというような論調であった。寝耳に水であった。生徒の学習意欲を高めるための研究の一環に利用したコンピューターが、管理教育の一助になっているとは——。

思い当たる節がないではなかった。その頃、愛知県には新設の県立東郷高校があって、ここでの強力な生徒指導体制が管理教育という名で呼ばれ、マスコミを賑わしていた。愛知の県立高校は多かれ少なかれその影響下にあるという見方が、世間には行き渡り、管理教育推進県として「東の千葉、西の愛知」という言葉が流行していた。メディアの世界では、愛知県の管理教育を批判する下地がすっかりできあがっていて、わが昭和高校も同類と見なされたのである。

だからといって、昭和高校のコンピューター利用がそれによって影響を受けたわけではなかったし、また教育方針も伝統的な〈愛・敬・信〉の教訓と相まって、従前のように粛々と続けられていた。

さて、その数年後、昭和高校ではコンピューター校長も退職し、コンピューター援用の教育はひと頃の華々しさを失っていたが、それだけに地に足のついたものになっていたといえる。だが、いったん形成されたマスコミの虚像は容易に消滅することはないと思わせる出来事が、再び起きたのである。

その頃、わたしもすでに昭和高校を去って別の高校に移っていたのであるが、ある日、一本の電話を受けた。

「学事出版から出ている『生徒指導』という月刊誌に、かつて昭和高校はコンピューターを使って管理教育を行っていたという記事が載っている。この記事に反論を書いてくれないか」という。

電話の主は、新しく昭和高校の校長になっていたN先生からであった。この人は、かつてわたしがその高校に在籍していた頃、教頭として校内をまとめていた上司であった。

早速、図書館にあった月刊誌「生徒指導」を開いてみると、「学校におけるコンピュータ利用と人権保障」という論文が載っている。著者は大阪市在住のIという教師で、コンピューターは人権侵害を起こす危険があるから、生徒指導の現場には導入すべきではないと主張している。そして、そんな危険を冒した例として昭和高校を挙げ、以前にわたしが雑誌に書いたいくつかの記事を引用していた。

不思議なことにI教師は、「コンピューターの利用方法自体としては、とりたてて問題があるとは言えない」と書いている。ならば、どうして昭和高校が問題なのであろうか。論文をよく読んでみると、どうやらS校長が「有名な愛知県の管理主義教育立役者の一人である」というのが、問題らしいのである。

このとき、わたしはようやく気づいた。そうだったのだ。「坊主憎けりゃ袈裟まで憎し」というが、S校長が憎ければ彼の推進するコンピューターまで憎いのだ。「朝日」や「毎日」の記者をはじめ、教育雑誌「生徒指導」のI教師が昭和高校の「管理教育」を言挙げしたのは、多分次のような三段論法であったに違いない。

すなわち、コンピューターを推進したのはS校長である。S校長はかつて教育部長として愛知県の管理教育行政を推進した「タカ派」である。故に、昭和高校のコンピューターは、生徒管理のために使われている――。

これでは「幽霊の正体見たり枯れ尾花」と同じだ。実態を見ることをせず、幻想におびえる過剰反応といってもいいではないか。現場には、管理教育を思わせる痕跡は何ひとつないのである。S校長は世評をよそに、多くのことは教員の自主性に任せ、多くの時間は校長室に閉じこもって教育ソフトづくりに励んでいた。S校長が唯一固執したのは、「反復練習」という古典的学習方法であったが、これに異を唱える教師はいなかったのである。

わたしはI教師への反論として、まず第一に、昭和高校を批判する論理の矛盾を指摘した。そして実態を見ずに世間の評判や論文の言葉尻を捉えて結論を導き出すのは、危機感をあおって世論を誘導するアジテーターではないかと批判した。

最後に、昭和高校のコンピューター利用は生徒管理のためではなく、まったくその逆に生徒の自主性を如何に伸ばすかの取り組みの中で用いられたもので、そのことは研究指定校の研究テーマが、「生徒の意欲を高めるための生徒指導」であることからも分かるはずだということも付け加えた。

反論を書きながら、わたしは一度貼られたレッテルを剥がすのがいかに難しいかを痛感していた。同時に、I教師のように実態を見ずにコンピューター導入を危険だと断定することの方が、はるかに危険ではないかと思ったりした。

この反論に対しては、I教師からは何の応答もなかったし、世間も何ら関心を示さなかった。ただ、関係のある何人かの教師たちからは、「よく書いてくれた」という激励の言葉をもらった。

あれから三十余年が経つ。今、この出来事を思い出してみると「大山鳴動して鼠一匹」の感無きにしも非ずだが、コンピューターであれ、管理教育であれ、新しいものが登場するとき、人は過剰に反応し、騒動を起こすものだということをあらためて感じざるを得ない。

修学旅行の朝、母の亡くなった朝

掛け時計にしろ、腕時計にしろ、昨今のものは電池式では二、三年はもつし、ソーラーときたら際限なく動く。しかも、電波時計では時刻あわせさえ、不要である。いまでは、時計はいつまでも正確に動き続けるものという、固定観念ができあがっている。

しかし、昭和時代の後半でもそうはいかず、時計はよく狂うものであったし、またよく止まるものでもあった。昭和高校在職中に、そんな時計にまつわる思い出が二つある。

暗闇の中で、どこからともなく光が射してきたようだった。眼底が白くなる。朝だろうか。いやまだだと思い込ませると、ふたたび闇の底に引きずり込まれていく。今度はかすかな物音、地底から響いていたようだが次第に大きくなる。人の声だと気づいたとたん、目が覚めた。耳をすますと、往来はすでに人通りがしている。

とっさに掛け時計を見る。しまった！　七時だ。まだ眠っている妻をたたき起こす。

「ベルの音、お前も聞こえなかったのか！」

怒鳴りながら、昨夜、午前六時にセットしたはずのラジオのアラーム時計を見る。なんと、午前三時で止まっている。あろうことか、夜中に停電があったのだ——。

洗面も食事もすっ飛ばして、てんやわんやの身支度。前夜用意しておいたボストンバッグを引っつかみ、自転車に飛び乗る。

「気をつけてよー」

と叫ぶ妻の声を後ろに、駅まで一目散。やっと地下鉄の乗客となる。

腰をおろしたが、足は宙に浮いたままだ。腕時計を見ると、七時十分。集合時間の七時三十分に、間に合うはずがない。

昨日、事前の集会で、生徒たちに時間厳守を申し渡したばかりである。

「諸君、修学旅行でいちばん大事なことは何か！　そう、集合時間に遅れないことだ！」

その自分が遅刻するとは、ああ——。

不安と焦燥、そして屈辱が脳裏を駆けめぐる。地下鉄の遅いこと、停車するたび、駅の存在を恨んでいた――。

その日は、山陰方面への修学旅行に出発する当日だったのだ。生活指導部長をしていたわたしは、五クラスの生徒を引率する責任者であった。

七時五十分、駆けつけた名古屋駅の壁画前には、もう生徒らの影はない。改札口では、添乗員がわたしを待っていた。

「すみません。少々トラブルがあって――」

階段を駆け上がりプラットホームにつくと、すでに生徒たちは列車に乗り込んでいる。

学年主任のNさんが手招きをしている。乗りこんで、同じ詫び言を繰り返す。

「保護者への挨拶や生徒たちへの事前指導は、わたしの方ですませておきました」

遅れたわたしに理由も聞かず、何事もなかったかのように話す学年主任のNさんに、わたしは心の中で手を合わせていた。

列車は八時ちょうど、最初の宿泊地、広島に向かってゆっくりと出発した。

この出来事がトラウマとなったのであろう、以来、わたしは遅刻恐怖症となった。その当座は、何度も悪夢に襲われた。走っても、走っても、ゴールに到達できないわたし。それをあざ笑うかのような生徒らの声。目覚めると、寝汗で身体中がびっしょり濡れていた――。

いまでもわたしは、朝早く起きなければならないときなど、目覚まし時計を二つセットすることを忘れない。

もう一つは、いま考えても不思議な出来事だ。

五月のある晴れた朝であった。いつものように妻の支度してくれた食卓についた。気がつくと、掛け時計が止まっている。

「また止まっているな。いま何時だろう」

「おかしいわねえ。二、三日前にネジを巻いたばかりなのに――」

そう言って、妻はテレビをつけた。画面の表示では、七時少し前であった。七時半にはいつものように家を出なくてはならないと思っていると、電話が鳴った。妻が出る。

「えーっ？　はーい、はいっ、病院なの？　ええー、すぐ伺います」

時ならぬ電話、そして妻の応答、わたしにはピンときた。来るべきものが来たのだ。

「あなた、お母さんが亡くなったの――」

電話は兄嫁からで、母が今朝、入院先のＫ病院で息を引きとったという。当直の看護婦が異常に気づき、当直医が駆けつけたときには、母はすでに意識が無かったらしい。

母は、その数年前から大腿部骨折がもとで寝つくようになり、心不全もあって入退院を繰り返していた。その数日前、見舞いに寄ったときは、起きあがれなかったが、まだ声には元気があった。それがこんなに早く亡くなるとは――。

「それで臨終の時間は？」

「午前五時五十分だったそうよ」

あっ、と思った。妻の言葉がわたしの網膜の残像にリンクしたのだ。確かめるため、もう一度掛け時計に目をやる。やっぱりだ。なんと、止まった掛け時計はまさにその時刻を指しているではないか。

通夜に、葬儀にと、慌ただしい数日がすぎた。久しぶりにわが家へ帰り、居間でくつろぐ。ふと見あげると、時計は五時五十分を指したままである。妻も気づいて、ぽつんと言った。

「お母さん、大事なあなたにだけは知らせたのよ」

「うん――、当分このままにしておこう」

四十九日まで、動かないままの時計を眺めては、わたしは優しかった母を偲んでいた。

昭和五十五年五月二十一日、午前五時五十分、母は亡くなった。享年八十（満七十八歳八か月）であった。

《管理職の立場》

組合を離れる

昭和五十六年、世の中は、次第に落ち着きを取りもどしつつあった。

この年、わたしは昭和高校の生活指導部から教務部の仕事に替わっている。この高校に転任してきてから、すでに十年が経過し、心にはゆとりができていた。新参者の緊張感からも解放されていたし、校内でもかなりの古株として、おのれの居場所に安らぎを感じていた。

思えば、昭和四十六年、この学校へ転勤した頃は、まだ七〇年安保闘争（昭和四十五年）の余波が吹き荒れていて、校内は何かと慌ただしかった。それがこの十年で、あの騒動は何であったのかと思わせるほど、内外の空気は沈静化していた。

時代の趨勢は、やがて訪れるバブル景気を予感させるように、政治から経済へと傾斜していた。わが属する教職員組合も、安全保障条約反対の政治闘争から人事院勧告実施を要求する経済闘争へと方向を転換、人びとの意識も、変わりはじめていた。

そしてわたし自身の考え方も、変化の兆しを見せつつあった。それをもたらしたものの一つに、浅間山荘事件がある。

昭和四十七年、長野県の浅間山荘に閉じこもった赤軍派は、警察と激しい攻防戦を繰り広げ、その様子はテレビで全国に放映された。その映像はあまりに生々しく、果たしてこれが現実のものかと、わが目を疑うほどであった。

さらにそれより衝撃的だったのは、その同じ赤軍派による凄惨なリンチ事件が、後日、発覚したことである。総括という名のもとに、同派のメンバー十二人が、こともあろうに志を同じくする仲間たちに惨殺されたのであった。

大学卒業以来、わたしは教職員組合員として、日本の平和と民主化の運動に微力ながら尽力してきたという思いがあった。だから、理想に燃える若き学生たちの改革運動には共感するものがあり、少しばかりの行き過ぎがあったとしても、それは反権力への情熱の表れとして、大目に見てもよいではないかと考えていた。

しかし、今回は違っていた。彼らの行動は、わたしの理解の域をはるかに超えていた。疑問が次々に湧いた。同じ理念にもとづく仲間同士が、なぜ殺し合わねばならないのか。お互いの思想の相違には、通じ合えないほど隔絶した溝があるというのか。彼らの信念は、相手を抹殺せずにはおかれないほど過激で、妥協の余地は皆無だというのか。

このとき初めて、わたしは思想や信念の持つ恐ろしさの一面を目の当たりにした思いだった。いや、正確を期して言えば、思想や信念を実現するための行動には、そのような非人間性が内在するという事実に戦慄を覚えたのであった。

考えてみれば、些細な意見の相違から生まれた不信感がやがて憎悪を招き、ついには殺人へ至るという赤軍派の辿った軌跡は、愛と正義を信奉する一神教が殺戮の宗教戦争に至る過程と驚くほど似ていないだろうか。そこには、一神教の持つ悲劇的な宿命があるように思われる。

イスラム国のテロは世界の各地で頻発している。古くて新しいキリスト教とイスラム教との対立である。米政治学者サミュエル・ハンチントンが、ソ連崩壊後はイデオロギーの対立に代わって、宗教対立が世界史を動かすと予言したことを思い出す。

むろん、平和運動は宗教とは違うであろう。しかし、理想社会を求める信念のレベルでは同じではないか。理想社会を実現するためには、人は個人的な欲求やエゴイズムを捨て、人びとの自由と平等のために、理性と正義に基づく行動をしなければならないという。だが、人間である以上、そこには生物学上の自己保存と種族保存の本能がある。競争心もあるし、嫉妬心もある。物欲もあるし、出世欲もある。それらを理性の力で最小限にセーブしてこそ、はじめて平等社会は実現できるのではないか。

しかし赤軍派にはそれができなかったのみならず、人間としてあるまじき道を選んだ。それが、かつて共闘した民主化勢力に大きな打撃を与える結果になるとは、そのときの彼らには思いも寄らぬことであっただろう。

そんなこともあって、わたしは次第に組合運動から遠ざかっていった。しかし、心のうちは平静ではなかった。いうなれば、これは一種の「転向」ではないかという疑念が胸の中に渦巻き、事あるごとにわたしを責め立てたからである。わたしは転向問題を扱ういろいろな本や雑誌に当たって、転向とは何かを自分なりに理解しようとした。その頃、鶴見俊輔の主宰する雑誌「思想の科学」が、転向問題を取り上げていた。そこでは、転向には大まかにいうと二つの意味があるとしていた。

狭義には、戦前の共産主義者や社会主義者などが権力の強制によってその思想を放棄することを言ったが、戦後はより広い意味に使うようになり、戦時中、体制側に進んで協力した自由主義者や社会主義者たち、そして戦後、学生運動の闘士から会社人間に転身した若者たち、彼らが見せた思想や信条の変化も、転向という概念に含めるようになったという。

さらに、転向問題には著しい特徴があった。それは日本人の情緒的性格に結びつくもので、敗北感や挫折感、それに罪悪感などが伴い、これが欧米の転向や改宗とは大いに異なる点だという。その意味では、わたしはまさに日本人であった。組合活動に背を向けることは、それまでの仲間を裏切ることではないかという、ある種の後ろめたさに苦しんでいたからである。

こうしていろいろ考えているうちに、わたしは「思想の科学」などの雑誌が取り上げていない問題が一つあることに気づいた。それは、あの昭和二十年、「一億総懺悔」の合言葉で受け入れた「敗戦」である。あのとき、人びとはみな軍国主義を捨て民主主義者になったのではないか。あれほど大規模でかつ劇的な転向はないはずだ。あのとき、人びとは煮えたぎる意識のなかでどんな思いをしたか。それを転向と言わずして、何を転向というか。その転向を経験したからこそ、今日《こんにち》の平和があるのではないか。

こう考えると、わたしはやや救われた気がした。そして少しずつ、転向アレルギーは解消されていった。

英首相チャーチルは、

「二十歳で自由主義者にならない者にはハート（愛情）がないが、四十歳で保守主義者にならない者にはブレーン（知能）がない」

と述べたという。

サイパン島から奇跡の生還を遂げた叔父は、このチャーチルの言葉を知ってか知らずか、よくわたしに語ったものだ。

「二十代で左翼にならない者は馬鹿だが、三十代でまだ左翼でいる者も馬鹿だ」

ブレーンがないとか、馬鹿だとかいう表現には違和感があるが、しかし若い頃、冷ややかに、ときには反発して聞いたそれらの言葉は、わたしの心の中で次第に重みを増していった。

そして、ついに組合を離れる日がきた。昭和五十八年のことである。

『自由と国家』の執筆と編集

昭和五十八年、わたしは昭和高校で教頭職に就いた。

愛高教の推し進める管理教育反対と県教育行政反対の旗印に同調し、組合の執行委員までしていた男が、よもや管理職になるとは――、そんな声が職場の内外からわたしの耳に聞こえてきたし、わたし自身もそこには複雑な思いがあった。一方には、敵の軍門に下ることではないかという危惧の念もあったが、また一方では、今さら敵も味方もない、同じ教師集団ではないかという開き直った気持ちもあった。そしてその感情は、わたしの心の中で次第に優勢になっていった。

そうだ、いま問われているのは、教育の外的条件よりも教育の中身ではないか。わたしはひそかに、そうつぶやいた。

それに、民主教育を否定するわけでもなければ、職場の声を押さえつけるわけでもない、いやむしろ、自由にものの言える、働きやすい雰囲気をつくることに、微力ながら貢献できるのではないか、少なくとも職場の意見を、行政に反映できる機会もあるのではないか、そんな希望的観測もあった。

そうは言うものの、それが安易に実現できるような問題ではないことも、わたしには分かっていた。それでいて、なおかつ楽観的考えに固執するのは、いわば己の良心に対する欺瞞ではないかという思いもあった。

職場の中には依然として管理職対一般教員の溝があったし、一般教員の中にも組合員対非組合員の対立が、陰に陽に渦巻いていたからである。

そんな職場の空気の中で悩みながらも、その年から翌年にかけて、わたしは教頭職としての教育実践とは直接かかわりのない仕事を二つしている。

一つは、S校長の進めたコンピューター教育を総括する論文「コンピュータを活用した教育活動」を書いたことで、これは学事出版「高校教育」九月号に掲載された。

もう一つは、その頃F校長の主宰する『自由と国家』を出版するチームに加わり、論文の執筆および編集の仕事を手伝ったことである。

『自由と国家』は、「一般社会」科目の副読本を目指したもので、その発行の準備のために共同執筆者約五十名、編集委員七名から成る一大プロジェクトが組織されていた。わたしはその編集委員に名を連ねることになり、約二年にわたって二十編ほどの論文の編集作業を行った。そのかたわら、わたし自身は「情報化社会」と「福祉社会」という二編の論文を執筆した。

同書は、当時京都大学の教授であった勝田吉太郎氏監修で、翌五十九年七月に山手書房から出版されている。日本社会の仕組みや日本文化の特色を解説し、日本人としての誇りを自覚させることを目的としているだけに、組合その他からは戦後民主化教育の否定ではないかという批判があちこちでなされた。

提出した「情報化社会」の原稿は、プロジェクトの分科会でいろいろ注文が出され、何度も書き直した。しかし、情報化社会は急速に進みつつあり、この現実に対処するには右も左もない、すべての国民が、とくに若い人たちが真摯に向き合わなければならない問題であると思い、その立場をわたしは崩さなかった。

編集作業の途中で、福祉に関する原稿が欠落していることが指摘され、急遽、わたしが執筆者に指名された。多分、かつて経済学を学んだという経歴のせいであろうが、わたしは、経済学にうんざりしたがために文学部へ転身した経緯を持った男である。そんな過去の苦渋は口外できないまま、数か月を四苦八苦の末、ようやく「福祉社会」を脱稿したことを憶えている。

その中で、福祉の概念を構成する三つの要素として、わたしは「公助」「共助」「自助」を挙げ、その中でとくに大切なものは「自助」の精神であると説いた。

これに対して、それは「公助」をないがしろにする思想であるという批判を受けた。しかし、福祉社会の目指すものは、経済的に個人を援助することによって、自立を促し、生きがいを与えるものではないか。これこそが「自助」であるという考えは、今も変わらない。

こうして、昭和五十九年は過ぎていった。

自主独立の校風

昭和六十二年、わたしは県立旭丘高校に教頭として横滑りした。

四月の始業式、生徒たちの登校する姿を見て仰天した。これまでも長期休暇などに講師として予備校へ出向いたことがあるが、そのときの光景と同じである。男子には背広姿もいればジーパンにTシャツもいたし、女子の服装は色とりどり、中には髪を茶色に染め化粧を施した姿も見うけられるのだ。

旭丘高校の私服通学は県下唯一で、それには歴史があると聞いていた。かつて生徒たちは服装の自由化を学校側に要求し、それを認めようとする校長に教育委員会が待ったをかけ、それでひと揉めしたという。だが、制服の規定を残したまま、私服通学を黙認という形で妥協、それが受け継がれてきたというのが実情のようであった。

この高校は、尾張藩の藩校を引き継いで明治十年に創立された名門中学校を前身に持ち、戦後の学制改革により近隣の女学校と統合されて、男女共学の新制高校として発足している。愛知県でもっとも難関な高校の一つとされていた。

「正義を重んぜよ」「運動を愛せよ」「徹底を期せよ」という校訓通り、生徒たちはみな自由闊達、勉強よりもむしろ運動やクラブ活動に力を入れていた。何事も自分たちで決めようとする気概に満ちており、生徒会活動も活発、学園祭などはすべて彼らの運営に任され、教師はそれを見守り、ときどき助言する程度であった。

赴任した当時、学校と対立する生徒たちの運動は影を潜めていたが、それでもこんな事件があった。

その年の八月、岸信介元首相が亡くなったときのことである。教育委員会の通達により校門に弔旗を掲げた。すると、夏休みにもかかわらず生徒会関係の生徒が二人、教頭に話があると言ってきた。聞いてみると、弔旗を降ろせという。理由は、戦犯で国賊である男になぜ弔旗か、というものだ。もっとも、それは生徒会全体の意思ではなく、たまたまその二人の単独行動だったようで、説得するとおとなしく帰って行った。彼らにしてみれば、ただ抗議を申し出たという実績をつくりたかっただけかもしれなかった。

一方、学習のほうはどうかといえば、ここにも問題があった。その頃、愛知県の高校入試は学校群による複合選抜制度を採っていた。この制度は、成績上位校と下位校が「群」を組んで生徒を割り振り、学力の平均化を図ろうとしたもので、東京都を皮切りに全国に波及し、愛知県では昭和四十八年から行われていた。

確かに学校差の平均化を招き、一部エリート校をなくしたという意味では、成功したかもしれなかったが、現場には大きな難題をもたらしていた。

それは、生徒間に生じた大きな学力格差とそれへの対策をどうするかであった。学校によっては能力別学級をつくったり、補習授業などを行ったりしたところもあったが、旭丘高校ではそのような措置は一切講じなかったし、授業も受験対策的なものはまったくなかった。

生徒たちはおおむね気位が高く、運動に熱中し、ガリ勉を軽蔑する傾向が強かった。そんな雰囲気に流されて落ちこぼれていった者もあれば、学校の授業に見切りをつけたのか、ひそかに塾通いをする者もいた。いずれにしても、浪人生を多く出しているのがこの学校の特徴であった。

校内運営については、K校長も新任であったし、管理職はなす術もなく、従来のしきたりを見守るしか方法がなかったのである。

「あの学校は伝統があるだけに、保守的で、何か新しいことをしようと思っても無理ですよ。これまでのやり方に任せればいいですよ」

旭丘高校への転勤が決まったとき、ある前任者がそう言ったことをわたしは思い出していた。

定年退職と昭和の終わり

さて、その旭丘高校は高校教師として最後の勤務校であった。

最後の勤務校というと、教師というものは何となく特別の感情を抱くものである。これまで、わたしは退職を控えた何人かの先輩教師たちに接してきたが、できることなら有終の美を飾りたい、思い出として残るようなことをしたいというのが、その人たちの偽らざる気持ちのようであった。わたし自身、そんな境遇に身を置いたとき、やはり先輩教師と同じことを考えた。だが、何十年もの歴史を背負う伝統校の重みは、わずか三年を過ごすにすぎない教頭の気持ちなど顧みるはずはないのである。わたしの毎日は、ひたすら従来の轍を踏襲するだけに費やされていた。しかし、それはそれでよかったと、今では思っている。

三年間の思い出としては、さまざまな出来事が脳裏に去来するが、末節は省略し、主なものだけを振り返ることにする。

着任した昭和六十二年、旭丘高校は前身の旧制中学校が創立されてから百十周年に当たり、秋に行われる記念式典の準備のために、わたしの毎日は忙殺されていた。同窓会の会合が毎週のように行われ、記念誌の発行やら、記念賞基金の設立など、さまざまな議題が話し合われた。会には、三つの同窓会――旧制中学、旧制女学校、それに新制高校――から、それぞれの代表が参加し、女学校からの代表女性を含めていずれも百戦錬磨の強者揃い、侃々諤々の議論がときには深夜まで続くことがあった。

学校側代表のわたしはなす術もなく、その議論を静聴するしかなかった。かくしてその年の十一月、市内の名古屋観光ホテルで百十周年記念式典が盛大に行われた。

二年目に当たる翌年の四月、回り番で名古屋北地区の教頭会長の席につき、その地区全体の雑務を引き受けることになった。教頭会の記念行事や県外施設の見学など、それはそれで結構忙しかったとはいいえ、新しい職場にも慣れたせいもあって気分的にはやや余裕ができていた。久しぶりに、わたしは校内発行の「研究集録」に「エドガー・アラン・ポオ―時代と人と文学について―」を発表している。

その頃の忘れられない出来事としては、その年の十月、二年生のある女子生徒が自殺をしたことだった。

学校を訪れた父親によれば、早朝、アルバイトの新聞配達の途中、自宅近くのビルから飛び降りたという。屋上には靴がきれいに揃えてあり、覚悟の自殺であったらしい。遺書も残されておらず、家庭では思い当たる節はないという。だから友人関係の悩みか、さもなければ授業かクラブ活動にその原因があるのではないかと思ったようである。クラス関係のことは担任が対応し、学校の授業体制などについてはわたしが説明した。

親にしてみれば、当時マスコミで問題にされていた管理教育の犠牲者ではないかと思ったらしい。だが、旭丘高校は自由な校風で、受験教育は一切なく、すべては生徒の自主性に任せていることなどを話すと、納得したようであった。

ただ、ほかの教師の中には、当時の複合選抜という入試制度のもたらした悪影響のせいではないかとする意見もあった。むろん、そのようなことは親には伏せたが、学校間格差是正のための複合選抜が、逆に校内における学力格差を増大させ、その悩みが彼女の死を招かなかったと言い切れる確信はわたしにはなかった。

三年目は、国の内外にも、またわたし自身の身の上にも、大きな出来事が目白押しに続いている。昭和六十四年のことである。

年明けの、松の内の七日、予期されていた天皇の崩御があった。テレビでは、新元号「平成」を掲げる当時の小渕恵三官房長官の姿が繰り返し放映された。歌舞音曲の類いは一切自粛、追悼番組だけの流れる画面を見ながら、わたしは過ぎし昭和に思いを馳せていた。

世界大恐慌の年に生を受けたわたしの半生は、昭和と共にあった。五・一五事件や二・二六事件を経て、日中戦争と太平洋戦争、そして敗戦。続く戦後の民主化運動、六〇年安保と七〇年安保の闘争――思えば激動の時代だった。そのなかで、わたしの思想や信条も右から左へ、左から右へと、大きく揺れ動いていた。

国際的にも、世界は大きく動いていた。昭和から平成へと変わったこの年、五月には中国で民主化を叫ぶ学生たちによる天安門事件が起きているし、十一月には東西を隔てるベルリンの壁が市民によって壊されている。そして、翌十二月には、ブッシュ米大統領とゴルバチョフソ連最高会議議長（のち大統領）が共同で冷戦の終結を宣言している。

戦後長く続いた冷戦体制がこれで終わったのかと、わたしは間近に迫った自分の退職と重ね合わせながら、昭和時代の終焉を噛みしめていた。

そして平成二年三月三十一日、わたしは旭丘高校を去った。

その日は、午後三時ごろだったと思う。春休みだったが、残務整理やクラブ活動の指導などで出校していた十数名の先生方が見送ってくれた。事務長の計らいで贈られた記念の花束を手に、校門を出た。拍手を背に受けたとき、涙がにじんだのを憶えている。

その夜には、妻とささやかながら退職祝いのうたげを催そうと前々から約束をしていた。だが、わたしの足の向かった先は、暖かい自宅でも、華やかなホテルでもなく、冷たい国立病院の病室だった。

なぜかといえば、そこには緊急入院をして網膜剥離の手術を受けたばかりの妻が前日から横たわっていたからである。別れの花束は、そのまま見舞いの花束となり、わたしは病床の花瓶に丁寧に生けた。妻の回復を祈るとともに、明日から始まるわが第二の人生への期待を膨らませて――。

ちなみに妻は、数日後には無事退院している。

《短大教師となる》

第二の人生の門出

平成二年四月、わたしは市郡学園短期大学（当時）の入学式に出席した。

大講堂には、和服を混じえ色とりどりの服装をした千人ほどの女子学生が、神妙な面持ちで席

について いた。座席の後方には、やはり学生の数ぐらいの保護者の一団が並んでいた。学生を挟んで両側の窓際には、教職員の席が設けられ、その中にまじってわたしは始まったばかりの学長の式辞を聞いた。

そして、この学園で第二の人生を送ることになった経緯を思い出していた――。

旭丘高校で最後の年を迎える頃になると、いろいろな学校から退職後の再就職話が舞い込んできた。その頃はまだ少子化の始まる前のこと、私学は公立高校の退職教員をほしがっていた。わたしの場合も運よく、二つの私立高校、二つの短期大学から声がかかった。

二つの私立高校は、いずれも元上司が校長をしている高校で、専任教諭を必要としていた。専任ともなれば、毎日出校し週二十時間近い授業をしなければならない。

その頃、わたしはやっと「自由」になれたのだから、専任としてこれまでと同じように授業で毎日を過ごすことはもうご免だと思っていた。できれば何もせずのんびり過ごしたい、さもなければ一週数時間の非常勤講師ぐらいならやってもよいと思っていた。そこで、しばらく考えさせてもらうことにしたが、最終的には二校ともお断りすることになってしまった。そのことはわが悔恨史の上では大きな出来事で、思い出すたび申し訳ない気持ちに襲われた。

短大の方は、一つは岐阜県にあるT短期大学だったが、別の退職者と競合する羽目になり、結局うまくいかなかった。

もう一つが市邨学園短期大学で、中学時代の友人Hが専任講師をしており、非常勤講師の口があるので、よかったら来ないかという。Hは、さる外資系銀行を辞めてから、早稲田大学の非常勤講師を少し務めたあと、二年前からこの短大の専任になっていた。ちょうどそのとき、教務部で時間割編成の仕事をしており、非常勤を推薦する権限も持っていた。

彼に内容を質すと、週二日、四~五時間の英語を担当する非常勤が不足しているという。そのぐらいの勤務だったら、自分の希望とも一致するし、よろしく頼むと返事をした。

そんなとき、その年度から新たに旭丘高校に赴任してきたY校長がわたしの退職後の希望を聞いて、その短大の学長はよく知っているから、側面から援助してあげようという。前年まで県の私学室長をしていた関係で、その学長とは親しい間柄らしかった。

二学期の始まった九月のある日、近くの付属高校に来ている市邨学園の学長のもとへ、わたしはY校長とともに出かけた。そこで思いがけない話を持ち出された。

学長は、一般教育科のある教授が急に別の大学へ移ることになり、その後釜を探しているところである、よろしければ教授会に諮るので、至急履歴書と研究論文を出してほしいという。

Hに内情を聞いてみると、確かに専任が一人不足しているといい、次のように付け加えた。

「専任の勤務といっても、週六講座ぐらいの担当で、三日出講すればいいから気楽にやれるよ。それにしても、オレのような新米の分際では、せいぜい非常勤の口の世話ぐらいしかできないが、専任の話まで進むとは、さすが旭丘高校の校長さんは大物だな。専任と非常勤とでは、月とスッポンぐらいの身分の差があるから――。とにかく幸運を祈るよ」

もし採用されれば、退職後の人生としてはまことにありがたい職場だと思い、それまで発表していた諸論文をかき集め、急遽コピーを作成して提出した。次のような資料であった。

・「生活記録と文学」（昭和31年）岩波書店「文学」3月号
・「The Background of Edgar Allan Poe」（昭和44年）大修館「英語教育」10月号
・「エドガー・アラン・ポオ」（平成元年）県立旭丘高校「研究集録」第14集
・「情報化社会」「福祉社会」『自由と国家』（共著）（昭和59年）（山手書房）
・「生徒指導上の基本事項に関する研究」（共著）（昭和55年）昭和高校「研究レポート」
・「コンピュータを導入しての生徒指導」（昭和56年）学事出版「高校教育」5月号
・「生徒指導にも生かすデータ分析」（共著）（昭和56年）学研「学習コンピュータ」12月号
・「コンピュータを活用した教育活動」（昭和58年）学事出版「高校教育」9月号
・「生徒指導におけるコンピュータ利用」（昭和63年）学事出版「生徒指導」3月号

資料送付後、二週間ほど経った九月下旬のある日、わたしは教授理事会の面接を受けるため履歴書を持参して、市郝学園に出かけた。

犬山市の南方に広がる広大な丘陵地帯に、学園はあった。キャンパスは、後で聞くと、中日球場が七つ入る大きさだという。そこには短大のほか、のちに開学した四年制大学も同居していた。

面接は学長室で行われた。三十数年前に受けた教員採用試験もこんな風だったなと思い出しながら、緊張の面持ちで入室した。学長や副学長をはじめ、各科の科長が十人ほど並ぶ面前に着席した。学長と副学長からはそれぞれ、わたしの経歴や本学園を選んだ理由、ここで教える覚悟などについて質問があった。

「これまでは大学受験のための英語教育をしてきましたが、これからは実社会に出ていく学生や家庭に入る学生たちのために、広い教養と実用を兼ねた英語教育に尽力したいと思います」

そんな意味のことを答えた憶えがある。

最後に副学長は、「エドガー・アラン・ポオ」や「生活記録と文学」などの論文を褒めてくれ、失礼ながら文学の学識もお持ちのようだから、語学だけでなく「文学概論」の講義も受け持ってもらえないかと訊く。唐突な申し出だったので、一瞬わたしは戸惑ったが、勇を鼓して、これまで四十年間、英語の授業以外受け持ったことがないので、できるかどうか少し考えさせてほしいと、承諾の即答を避けた。

帰途につきながら、少々不安であった。学園は「文学概論」のできる専任を探していたのではないか。だとすれば、承諾の保留は採否に影響するのではなかろうか。

しかし、案ずるより産むは易かった。十二月初旬、副学長から、専任講師として正式採用が決定したとの電話連絡があった。そして、前回頼んだ「文学概論」は別の教授が担当することになったので、英語の授業だけを受け持ってほしいという。わたしとしては新しい領域への期待を込めて「文学概論」を引き受ける心づもりもしていただけに、少々失望した。

だが、贅沢を言える身分ではないのだ。非常勤講師を何人も抱える学園で、専任になれたことだけでも幸運だし、英語の授業だけに専念できることは、むしろありがたいことではないかと思いなおした。早速、Y校長に報告、お世話になったお礼を言った――。

式場の演台では、学長の式辞が延々と続いていた。聞きながら、わたしは残された人生をこの学園の女子学生たちのために捧げたいと、決意を固めていた。

一匹狼の教官たち

新しい学園では、四月四日の入学式が済むと、翌五日から前期の教育活動が始まった。

その日は、午前七時に家を出た。その頃はまだ交通の便も悪く、地下鉄、市バス、私鉄と乗り継いで行くと、市外の短大まで二時間以上かかる。

管理棟の事務所で、自分の名札を表向きに返す。出席しているという表示だから、帰るときはまた裏返しにするのだ。事務職員に新しい鍵をもらい、自分の研究室に入る。

細長い十畳ほどの部屋だ。真ん中に大きなデスクがあり、両側にはスティール製の空の書棚が人待ち顔に並んでいる。七十歳の定年まで十年、狭いながらもここが自分の城になるのだ。身の引き締まる思いがする。ちなみに、わたしは一般教育科に所属することになった。

しばらくすると、同じ一般教育科に所属するY教授が呼びにきた。十時からの新入学生のオリエンテーションである。Y教授の後に続いて講堂に入った。入学式の日に見た女子学生たちが千人ほど、講堂を埋めつくしている。そこでわたしは英語担当教官として、自己紹介をした。

こうして、第二の職場での新しい生活が始まった。出講日は週三日、水・木・金である。その間に受け持つ講座数は一コマ九十分を六コマ、毎日二コマである。ただ金曜日だけは、授業のほかに、科の打ち合わせ会が予定されていた。

学園全体の組織について言えば、専門学科として「保育科」「食物科」「生活文化科」「商経科」「英語科」があり、それに歴史、哲学、文学などの教養科目を教える「一般教育科」が加わって、六つの学科があった。

高校の場合、教師は教科指導のほかに生活指導をはじめ諸々の雑用をこなさなければならないが、ありがたいことにここでは、教官と同数ぐらいの事務職員がいて、雑用は一切引き受けてもらえる。教官は講義だけしていればよいので、出勤時間は講義に合わせればいいし、終わればすぐに帰ってよかった。

勤めはじめて数日後のある日、学生食堂で友人Hに出会った。わたしに非常勤講師の口があるといって誘ってくれた男だ。

「高校のときの勤務に比べれば、まるで天国だな」

気の置けない友人なので、わたしは思ったことを口にした。

「そうだよ、ここは理系の大学じゃあないんだからさ、週三日出勤すればいいんだから、残りの日は家で本でも読んでいればいいんだよ」

以前、早稲田大学で非常勤講師をしていた彼は事もなげに言い、さらに続けた。

「それはそうと、M君と相談したんだが、そのうちキミの歓迎会をやるからね」

M君とは、同じ中学の同級生で、小学校校長を最後に退職し、この年の前年から事務局に入って庶務の仕事をしていた。

「それはありがとう。ところで一度聞こうと思っていたんだが、いったいなぜ、早稲田なんて有名大学を辞めて、そう言っちゃあ悪いが――、どうしてこんな辺鄙な大学へやってきたんだい?」

「非常勤講師なんてものはなぁ、何年やっても専任になれるわけでなし、一年契約だからいつ首になるかも分からんのだ。そのうえ、週一回の新幹線通勤は大変だったし、まあ母校でもあったんで我慢したがね、オレも若いんだから、定職に就かなきゃあいかんと思ってさ。それにね、この短大、不便な市外とはいえ、けっこう歴史があってね。いい教授を揃えているからな」

そういえば、一般教育科の科長は名古屋大学名誉教授だし、食物科には東京大学名誉教授がいる。この数年前までは岩波文化人として有名な古在由重教授がいたし、そのほか併設の大学を含めれば錚々たる顔ぶれが揃っていた。

それかあらぬか、一般教育科の教官たちはすこぶる気位が高い。初めて、金曜日の科会なるものに出席した日のことだ。話題がたまたまカリキュラムに及んだとき、数人の教官から別の科の時間割編成に痛烈な反対意見が飛び出した。それだけでなく、学園の理事や副学長の学園経営に対しても、歯に衣着せぬ批判が集中した。

「へぇ、大学というのはこういう批判が自由なところか」

と、会議の思わぬ展開に驚きながら、彼らの発言に耳を傾けたものである。

　あるとき、Hが言った。

「一般教育科の教官は、みんな一匹狼だと言われてるよ。何かにつけ、学園の方針に楯を突くらしいからナ。キミも気をつけたほうがいいゼ」

　帰途、郊外電車のなかで、わたしはHの言葉が気になって考えていた。新米のお前もいい気になっていると、一般教育科の批判派に取りこまれてしまうぞという意味だろうか。それとも、下手をするとお前も彼らの批判の対象にさせられるぞという意味だろうか。いずれにしても、Hの言うように気をつけるにこしたことはない。

　だが、十名ほどいる一般教育科の教官たちは、個人的にはとても親切で、新米のわたしにいろいろ教えてくれた。名古屋大学名誉教授の科長と体育学教授の二人を除けば、みなわたしより若いという事情のせいかもしれなかった。

　授業は、講義、演習、実技、実験、ゼミなどに分かれていたが、わたしはゼミ一コマと演習五コマを受けもった。若い彼女らのこれからの人生に役立ちそうなエッセイや小説をテキストとして選び、テープの朗読を聞かせたり、会話表現を口頭練習させたりした。

しかし一コマ九十分という時間は、彼女らにとっていかにも長い。緊張している下級生はまだいいが、場馴れした上級生になると、隣席の者同士の私語が多くなる。

そんな頃、たまたま大講義室の横にある廊下を通り過ぎたことがあった。教官はマイクを片手に学生に講義しているが、学生の多くは私語に夢中、その喧噪は教官の声に負けじと廊下に響いている。それでも、教官は平気で話し続け、学生たちは平気でおしゃべりを続けている。

こんな有様になってはもう手遅れだと思い、あるときからわたしは学生たちの座る場所を自由席から指定席に変更した。若い番号から縦列に並ばせ、しかも両隣が空席になるように一列おきに着席させた。

初めは文句をいう学生もいたが、そこは元高校教師である。昔取った杵柄は健在で、有無を言わせなかった。私語は一切なくなり、真面目な学生からは喜ばれたことを思い出す。

ある日のゼミ風景

短大でのゼミは、いつも自分の研究室でやっていた。十人ほどのゼミ学生が入ると、狭い部屋はいっぱいになった。少々窮屈であったが、殺風景な教室と違ってくつろいだ気分になれるのか、彼女らはいつも活発に発言した。教材は英語のことわざ集で、分担して発表させることにしていた。

ある日の授業風景を、思い出すままに再現してみよう。

まず、当番のA子が口火を切る。

「Frailty, thy name is woman. ですが、〈弱き者よ、汝の名は女なり〉という和訳がそのまま日本語のことわざになっています。そう訳したのは坪内逍遙で、原典はシェークスピアの『ハムレット』です」

すかさず、B子が質問する。

「それ、どういう意味？　弱い女に呼びかけて、お前はやっぱり女なのね、ということ？」

「そうだと思います。弱い女性へのいたわりの言葉ですよね」とA子。

「さすが、レディー・ファーストの国ね」とC子。

こうなっては、指導教官の出番である。

「なるほど。レディー・ファーストときたね。これについては後で説明するとしてー、さっきの〈弱き者よ〉のことわざだけど、本当はいたわっているのではなく、なじっているんだよ」

「え？　どうしてですか？」

「それはね。ハムレットの母親は夫（つまりハムレットの父）が死ぬと、すぐに父の弟（つまりハムレットの叔父）に心を動かし、再婚してしまう。それを嘆いてハムレットがいったのが、その言葉なんだ。すなわち〈女は誘惑にもろいもの〉というのがもとの意味。〈脆き者〉と訳せばまだしも、〈弱き者〉と逍遥が訳したばかりに、そんな誤解が生まれたんだ」

「すると、これは誤訳と言えますか」とD子が口をはさむ。

「いや、誤訳とは言い切れないが、間違った解釈を引き起こす翻訳であることには違いないね。逍遥はのちに〈弱き者〉を〈脆き者〉と改めたが、最初の訳が定着してしまったわけさ」

「ところで先生、さっきレディー・ファーストという言葉を後で説明すると言われましたが――」

とA子。

「そうそう、これも誤解だね。日本では、女性がいろんな面で優先され、大切にされることと取られがちだが、実は違うんだ。英語でLadies first.〝レイディーズ・ファースト〟というのは、〈ご婦人からお先に〉という意味で、せいぜいタクシーに乗ったり、レストランで席に着いたりするときの優先順位にすぎないんだ」

わたしは続けた。

「実際は大切にされるどころか、レディー・ファーストの起源はこれとはまったく反対だという説がある。むかし、ヨーロッパで騎士道華やかなりし時代には、暗殺や毒殺が横行し、いつ敵にやられるか知れない。そこで訪問客などがあると、まず妻を先頭にして扉を開けさせたという。女性ならいきなり斬りつけられることはないとの考えだが、夫の身代わりであることには変わりないわけさ」

「へー、翻訳語とかカタカナ語とかには、いろいろ問題がありますね」とE子。

「そう、日本の読者は翻訳を信じすぎる。Every translator is a traitor.〈翻訳家は反逆者〉ということわざもあるのだから、翻訳語には用心しなければならないのだよ」

「あのー、そういえば先生、シンデレラの〈ガラスの靴〉というのは誤訳だと聞いたことがありますが――」と勉強家のF子がいう。

「よく知ってるね。それって、イギリスの百科事典ブリタニカに載っている話だが、〈ガラスの靴〉というのは、〈リス皮の靴〉の誤記だというのです。『シンデレラ姫』を最初に紹介したのはフランスの童話作家ペローだが、彼はヨーロッパの民話を古老たちから聞き取って書いているうちに、発音が同じだったものだから、リスの毛皮〈vair〉をガラス〈verre〉と誤解して記したというのです」

「ほんとですか！　でも、それだと幻滅だわ」

との声があって、座がどよめく。

「そうだね。幻滅かもしれないね。しかし、安心しなさい。いったん〈ガラスの靴〉と決まったものはもう〈リスの毛皮の靴〉にはならない。考えてみれば、王宮にふさわしいのは〈ガラスの靴〉ですよ。それが果たして履けるかどうかはどうでもいい。童話の世界では、美しく、幻想的でありさえすればいいのです。グリム童話では『シンデレラ姫』の原題を直訳して『灰かぶり姫』となっているが、それでは夢が消える。やはり、〈ガラスの靴〉を履いた〈シンデレラ〉の方が美しいいし、楽しい」

「先生、そんなに自分勝手に解釈していいのですか？　先生の最初のお話と違うのではないですか」とF子は不満げである。

「いいとも！　タテマエはタテマエさ。それに、反逆者の翻訳家には復讐しなくちゃね。いいことわざがあるから、教えておこう。We soon believe what we desire.〈人は自分の望むことを信じるもの〉とね。」

「じゃあ、わたしも好きなように解釈して、信じよーっと」

誰かが混ぜ返す。

ぼつぼつ、いつもの彼女らの冗舌がはじまる頃であった。

「だったらあなた、彼氏に〈弱き者よ〉といたわってもらい、〈レディー・ファースト〉といわせて大事にしてもらったらー」

「いいわねー。そうしたら〈ガラスの靴〉履いて、パーティーに出かけちゃうかなー」

「そうよ。王子様に見初められるかもよ」

「アレ？　アレ？　彼氏かわいそうー」

屈託のない女たちのおしゃべりに、男の教師が入り込む余地はなかった。

研究生活の始まり

あるとき学園の食堂で、短大のある教授と同席したことがあった。話をしていて分かったことだが、彼はわたしの大学時代の友人Ｋと同じ中学の同級生で、年齢もわたしと同じということだった。そんなこともあって、気楽に話がはずんだ。

「大学の教師という職業は自由でね、三日やったら辞められませんよ」

実直な人柄なので、意図的にもじったわけではないと思われるが、その言葉の裏には「乞食と坊主は三日やったらやめられない」ということわざのエコーがある。

このことわざは「坊主」の代わりに「医者」や「役者」が使われることもあるが、いずれも自由の身で、しかも実入りも悪くないという共通点がある。そうか、大学の教師も同類なんだと、わたしの気持ちは複雑だった。

たしかに、その教授のいうように、学園は自由であった。週に三日、一日に二コマの授業をすれば、あとは無罪放免である。ここでは、高校のときのような事務仕事もなければ、学生指導もない。ただ、通勤は市外なので、片道二時間、往復四時間かかる。それが苦痛といえばいえるが、ラッシュアワーを避けて時間割を組んでくれるので、地下鉄も郊外電車も座る余裕がある。お陰で車内では、毎週一冊は読書ができ、遠距離通勤も悪くないなと、かえってありがたくさえ思った。

ありがたいと言えば、自由に使える個人研究費も予想以上に潤沢で、遠距離出張にも使えるが、わたしはほとんどパソコン・ソフトと書籍購入に用立てていた。

だが、「好事魔多し」という。年が明け、一月末の定期試験のはじまる前、突如、わたしは病魔に襲われた。肺炎である。まるで、いい気になっていた自分に下された天罰のようであった。

原因としては、やはり精神的・肉体的な過労以外、思い当たるフシはなかった。

四十年にわたる高校教師時代のしきたりによって培われた習性は、牢としてわが心身に根づいていた。それが、まったく新しい環境に放りこまれたのだから、いくら自由だとはいえ、適応するにはそれなりの苦労があった。それがストレスになったのは確かだと思う。

もう一つのストレスは、研究論文であった。

「老教授のなかには、もう三年も論文を書いていない人もいますが、先生は新しい人ですから、毎年一編は書いてください」

研究誌編集の教授からは、そう念を押されていた。毎年一編の論文を書いて学園の研究誌に発表するのが、どうやら不文律のようであった。その締め切りが年度末に迫っていたのである。

実は、その年の夏休みは高校退職後初めてのこととて、妻と北海道や京都への旅行を楽しんだり、予備校の夏期講座を担当したりして、充実した時間を過ごしていた。忘れていたわけではなかったが、余暇のエンジョイに忙しく、論文に取りかかったのは九月になってからであった。

テーマは決まっていた。学生のとき卒論に書いたエドガー・アラン・ポオをこの機会にもう一度取りあげ、あのときとは違った角度から掘り下げてみたかったのだ。

昭和二十七年度の卒業論文では、ポオの文学を詩と科学という異質の精神の産物として捉え、後に新しい象徴主義運動を呼び起こした彼の詩作品や、世界初の推理小説とされる「モルグ街の殺人」などの探偵ものが、なぜ当時の先進国のヨーロッパでなく後進国アメリカの土壌の中で生まれたか、その謎を解明しようとした。

それから四十年も経っていた。あの頃流行っていたヘーゲルやマルクスの哲学はもはや時代遅れのものとなり、代わってソシュールを起源とする構造主義やポスト構造主義、ニュークリティシズム、記号論など、種々の新しい哲学が学会や論壇を賑わしていた。これらの思想や哲学を文芸批評の領域に限って言えば、そこに共通するものは、作品をそれが生み出した背景や歴史から切り離し、テキストそのものとして批評するという方法であった。

歴史を捨てたわけではなかったが、それらの近代思想の影響は無視できず、わたしはポオの作品を作品そのものとしてもう一度読み直す必要を痛感し、近代批評の方法を援用して、テキスト自体の論評を目指すことにした。

テーマが大きすぎたこともあって、いよいよ本格的に論文作成に取りかかるときになって、初めてわたしは時間の不足を思い知らされた。資料を渉猟し、読書と思索にふけりながら深夜までパソコンをたたいた。年末年始に息子や孫たちがやってきたときも、仕事部屋に閉じこもっていたことが多かった。

そんな無理がたたったのだろう、前述のとおり、年が明けてしばらくすると肺炎で一か月ほど寝込むことになってしまった。

一月末に行われた定期試験の問題は、すでに教務部に印刷を頼んであったので、業務に差し支えなかったのが唯一の救いであった。

三月になって、病後の身体に鞭打ちながら、ようやく論文は完成した。題して「『大鴉』におけるポオの方法」である。前書きには、次のように記した。

「この論文は、ポオの長詩『大鴉』とその一年後に書かれた彼の評論『構成の哲理』とを比較し、ポオの創作の秘密に迫ろうとしたものである。ポオは『構成の哲理』のなかで『大鴉』のテーマ、プロット、リフレイン等はすべて厳密な計算に基づいて書いたと主張しているが、しかし当の『大鴉』自体は、明らかに彼の言葉を裏切り、彼の意識的、分析的知性を超えたあるものになっている。ここに文学における無意識の問題が浮かび上がる。本稿は、ポオの無意識が言語表現においていかに暗示的意味を獲得していくことになるのかを、『大鴉』を中心に追求したものである。……」

この論文を皮切りに、わたしはそれから毎年一編ずつ論文を書くことになり、学生のとき以来、長い間忘れていた研究生活が再び本格化したことを自覚した。そしてこの職場での生活は、当初思ったほど暇でないこと、それどころかある意味ではむしろ忙しく、無為に過ごす時間などほとんどないことを、遅まきながら痛感していたのである。

カナダでの語学研修に付き添う

（1）夏期も大賑わいのUBC英語専門学校

平成七年、市邨学園短期大学の組織改編によって、短期大学の一般教育科が廃止された。一般教育科に所属していた教員は、短期大学の専門学科（保育科、食物科、生活文化科、英語科）、または併設の名古屋経済大学の学部（法学部、経済学部、経営学部）のいずれかに配置転換されることになり、わたしは英語科に助教授として所属することになった。

ある日、英語科科長から話があった。

「六月から英語科学生の語学研修がカナダで始まるのですが、付き添って行ってくれませんか」

聞けば、付き添い業務は六十五歳までとなっていて、わたしはちょうどその年齢制限の上限に当たるから、是非行ってほしいという。転科早々、わたしは大きな仕事を引け受けることになった。

英語科では、毎年学生の希望者を募って、バンクーバーにある英語専門学校で、一か月の語学研修をしていた。その学生たちを引率して、わたしはT教授と二人でバンクーバーに行くことになった。もっともT教授はこの引率の経験者なので、わたしは彼の指示に従えばよいという気楽さはあった。

こういうわけで、わたしは平成七年六月二十六日から七月二十四日まで、約一か月間カナダに滞在した。

学生が英語研修を受けた施設は、UBC（ブリティッシュ・コロンビア大学）の構内にある付属英語専門学校（イングリッシュ・ランゲージ・インスティチュート）である。

UBCには、この英語専門学校のほか、大学院を始め十二学部があり、常時三万人以上の学生が学び、サマーセッションだけでも一万五千人が勉強しているという。

われわれが逗留した時は、すでに夏休みに入っているにもかかわらず、キャンパスには学生があふれていた。とくに目立ったのは、日本人を始め中国人などのアジア系の学生が多いことである。それは、なにも学生たちに限ったことではない。われわれを受け入れてくれたホストファミリーも、ヨーロッパ系のほかに、中国系、フィリピン系、インド系とさまざまであった。

このホストファミリーは英語専門学校の近くにあって、われわれの引率した五十人近い学生は二人一組になってそれぞれの家庭にホームステイをし、英語専門学校に通うのである。

一方、われわれ二人の引率者は市邨学園が所有する近くのハウスに宿泊し、毎日、学生の授業や生活の状況を把握しながら、彼女らの世話をしたり相談に乗ったりした。

授業のない土日の休日やカナダ・デーなどの祝祭日には、旅行会社の企画する見学会や小旅行に付き添い、結構忙しい毎日を送った。

（2）追突事故に遭う

バンクーバーに着いてから、数日後のことである。夕食をT教授と近くの寿司店でとった後、彼の運転する車で駐車場を出ようとして一時停車したとき、後ろから来た車がわれわれの車に追突した。

かなりのショックだったが、若い女性の運転する車は、一言の挨拶もなく、そのまま走り去ってしまった。なんたる無礼、腹を立てたT教授はすかさず追いかけ、交差点で停まったその車の前に回り込んで駐車した。

降りて調べると、われわれの車はバンパーがかなり傷ついている。車はレンタカーなので、T教授は女性にそこで待つようにいい、そのままレンタカー会社へ電話するために、公衆電話を探しにその場を離れた。

わたしはその場で待つしかなかったが、T教授はなかなか戻らない。そのうちに若い女性はどこかへ行き、たぶん近くの店からであろう、身内とおぼしき中国系の男たちを三人連れて戻ってきた。

いきなり若い男が早口の英語でまくしたてる。

「どうして大の男が若い女を苛めるのだ」

「追突して逃げるなんて、悪い女だ。文句をいうのは当たり前だ」

と、応酬する。

「キミたちの方が悪い。ここは日本じゃない、カナダだ」

と言い返してきた。

何がカナダなのかよく分からないが、どうやらバンパーぐらいの傷で騒ぐなと言いたいようだ。大声を出すので、こちらも負けじとばかり大声で、

「追突したほうが悪いに決まっている、悪いのは女だ」

と頑張る。場所は混雑する交差点付近。野次馬が何人も現れ、「女のほうが悪い」と加勢してくれる。

そのうち父親らしき男が、カメラで証拠写真を撮りはじめる。こちらも負けないぞ、とばかりに、相手の車の番号を控える。

T教授はなかなか戻らない。十分ほどすると相手もしびれを切らし、若い男が女を乗せたまま、あっという間に立ち去った。

残った中年二人に「なぜ逃げるのか」

というと、

「急いでいるからこれ以上待てない。警察へ知らせたければ知らせるがいい」

といい残して、二人とも引き上げてしまった。

やっと戻ってきたT教授の言うには、レンタカーショップは「保険つきだから心配するな」ということだった。

これで一件落着とはなったが、それにしても後味の悪い事故であった。

そのとき思い出したのは、ヨーロッパ旅行のとき、フランスで目撃した出来事だった。ぎっしり路上駐車していた乗用車の一台が出るにでられず、前後の車をバンパーで追突させ、隙間をつくって出ていった光景だった。考えてみれば、バンパーは衝撃を和らげるために造られたものだから、少しぐらい物が当たるのは当然だと、彼らは思っているようであった。

(3) 外国人を受け入れるカナダ人

この事故には後日談がある。翌日、T教授は事故報告のために市の警察署を訪れたのだが、署の駐車場に駐車しようとしたとき、バンクーバー市民以外は駐車お断りと言われたという。

T教授は追突事故といい、駐車拒否事件といい、納得がいかないままに、現地の新聞に英文で投書した。大意は次の通りである。

「ここで私たちは二度ひどい扱いを受けた。一度は車に追突され、その車は何の挨拶も謝罪もなく逃げたことであり、もう一つは、警察の駐車場で、バンクーバー市民以外は駐車禁止という差別待遇を受けたことである。バンクーバー市民の方々には先の阪神・淡路大震災のとき援助していただいたし、日本人学生の語学留学は進んで受け入れてもらっている。バンクーバーの人たちは親切で礼儀正しい人たちだと思っていた。しかし今回、その思いを裏切られ、残念である」

それに対して、すぐに反響があり、以下の趣旨の投書が載った。

「一部の心ない者が、日本人の短期滞在者の心を傷つけたことを、深くお詫びする。バンクーバー市民よ、こんなことが二度と起こらないように、気をつけよう。我々は人種や国籍の違う人たちを喜んで受け入れてきた。そんな歴史を汚さないようにしようではないか」

確かに、追突事故を起こした若い娘とその一族の無礼な言動や、警察署の駐車場での差別的扱いなど、不愉快な出来事だったが、T教授の投書に対してすぐに反応、彼らに代わって謝罪する態度には、カナダ国民の善意が表れている。英語専門学校の講師たちの何人かもその事故を話題にし、慰めたりしてくれた。

思えばバンクーバーには、外国人旅行者も多いし、さまざまな人種もいる。この国は、アメリカに劣らず人種のルツボである。当然、異人種間のトラブルも見聞した。しかし、同時に人種の違いを越え、お互いに協調しようとする努力がいたるところでなされていた。そうしなければ、習慣も文化も違う異民族が同じ社会で暮らしていけるはずがない。今回の事故で、わたしはそのことを痛感した。

(4) すでに始まっていた情報化社会

この付き添い旅行には、T教授もわたしもノートパソコンを持参した。

日本では、インターネットは一般にはまだ普及しておらず、Eメールを使っている人も少なかった時代である。わたしはパソコンをワープロ代わりに使って、語学研修の毎日の様子を詳細に記録した。帰国後、その記録を英語科に提出したところ、次年度以降の行事に大いに役立つと、お褒めの言葉を頂いた。

一方、T教授はコンピューターの講義をするほどの技術の持ち主だったので、アメリカのインターネット会社のIDを取得しており、英語専門学校の講師たちとのコミュニケーションをメールで行った。

T教授によれば、語学講師たちは一人一台のパソコンを所有し、日常の資料作成だけでなく、お互いの連絡をすべてメールでしていると聞いて、驚いた記憶がある。これは、LANと呼ばれる小規模のインターネットで、その後驚異的に発達したインターネット事業の先駆けをなすものであった。

日本が今日《こんにち》のように、インターネットで情報を得たり、メールなどで意思交換したりするような情報化時代を迎えるのは、それから十年ほど後になってからである。

短大時代の研究論文

中学時代、勤労動員の毎日が繰り返されるなか、わたしは叔父がわが家に疎開させていた改造社版『現代日本文学全集』五十巻を読みふけっていた。そんな頃、いつか自分も漱石や芥川のような小説家になれたらいいなと、夢見たものである。

だが自分にそんな才能も根気もないことを知るに及んで、せめて文学を楽しみながら作品や作家の研究をしてみたい、そんな思いを抱いて文学部に入ったのであるが、卒業後は文学研究とはあまり縁のない英語の高校教師になってしまった。

それでも文学への思いは断ちがたく、同人誌に「文学批評の原理と方法」、岩波書店の月刊誌「文学」に「生活記録と文学」、大修館の月刊誌「英語教育」に「The Background of Edgar Allan Poe」、旭丘高校の「研究集録」に「エドガー・アラン・ポオ―時代と人と文学について―」などを発表し、思いの憂さを晴らしたものであった。

だから、市邨学園短期大学へ再就職し、毎年一編の論文を書くのが義務だと聞いて、わたしは負担に思うどころかむしろ喜びとして感じたものである。

以下、学園の研究誌に発表した論文と、その簡単な内容説明を記してみよう。

・「『大鴉《おおがらす》』におけるポオの方法」人文科学論集48号（平成3年7月）

この論文についてはすでに「研究生活の始まり」で紹介したので省略する。

・「ユリーカにおける単一回帰の思想」人文科学論集50号（平成4年2月）

ポオの散文詩「ユリーカ」は、単一の原子から始まった宇宙が再び単一の原子に還るまでの、いわば宇宙の一生を描いた形而上学的宇宙論である。そこに集約されているのは「単一回帰」の思想である。本稿では、わたしはまず「単一回帰」の思想やそのパターンがポオの著作活動を通じていかに発展してきたか、あるいは繰り返されているかを「瓶の中の手記」をはじめとする〈難破船もの〉や「アッシャー家の崩壊」等の作品を通して跡づけようとした。

・「詩と科学の合体」人文科学論集51号（平成5年2月）

本稿では、ポオがいかなる方法で宇宙に美と真理を見いだしたか、またそれをいかなる方法で「ユリーカ」という文学形式に表現したかを、主として彼の「直観」の方法に焦点を絞りながら掘り下げた。ここでわたしは彼の試みの成果およびその限界を、ヴァレリーなどの批判に基づいて取り上げ、宇宙創世譚としての「ユリーカ」の位置づけを行った。

さて、ポオについて三編の論文を書き終わると、ようやく長い間囚われていた呪縛のようなものから解放されるのを感じた。そして次なるわたしの研究対象は、英語のことわざだったが、それには高校教師時代から心の片隅に疼いていた思いがあったのだ。

その頃、同僚の教師に「運動部の生徒のやる気を高める英語のことわざはないものか」と尋ねられ、探すのに苦労したことがある。それ以来、もっと簡単に索引できる英語ことわざ辞典はつくれないものかと考えていたのだ。そうだ、この機会に始めようと思い、それ以降三年、英語のことわざに取り組むことになった。

・「英語の諺――その知恵について（1）」人文科学論集54号（平成6年9月）
・「英語の諺――その知恵について（2）」人文科学論集55号（平成7年2月）
・「言葉と行動に関する諺の考察」開学30周年記念論文集（平成8年2月）

これらの論文は、英語のことわざの表現するメッセージをテーマ別に分類しながら、知恵の全貌を体系化するものであったが、同時にことわざを生み出した英米の歴史や文化はどのようなものであったか、また英語のことわざと日本語のことわざの間にはどのような類似点や相違点があるかなども解明しようとしている。その成果は、やがて『英語コトワザ教訓事典』として、実を結ぶことになる。

ことわざの研究も一応完結に近づいたという満足感が得られると、早くもわたしの食指は次なる研究対象を求めて動きはじめる。それは、これまでとはまったく領域の異なる英語のカタカナ表記という問題であった。

これには、中学時代に教えを受けた荒川惣兵衛先生の外来語辞典の影響があった。先生は英語からの借用語は国際共通語になり得るという仮説を説いているが、そのためにはカタカナ語の表記をできるだけ原音に近づけることであるという。カタカナ英語の表記の不統一を不満に思っていたわたしは、目から鱗の思いであった。次の論文では荒川説にもとづいて、新しいカタカナ語の表記の方法をいくつか試案として提出している。

・「カタカナ英語と英語教育（1）」人文科学論集60号（平成9年7月）
・「カタカナ英語と英語教育（2）」人文科学論集61号（平成9年12月）

この研究はわたしが立ち上げたホームページに公開したのだが、それを読んだ朝日新聞記者の取材を受け、疑問解決「モンジロー」という囲み記事（平成十九年九月二十八日付の朝刊）で紹介された。記事の内容は、「トマトはなぜトメイトウにならなかったか」という質問に答えるものであった。

これらの論文はいずれも、わたしのホームページに掲載し、いくつかの論文はその後も手を加えながら単行本として出版することになった。

《前立腺がんになる》

告知される

「どなたかご家族の方は来ておられますか?」

診察室に入ると、A医師はいきなりそう言った。悪い予感が頭をかすめた。何を言われても驚くまいとする防御本能からだろうか、思わず身体に力が入った。

わたしは廊下に待っていた妻を呼んで、一緒に担当医のA医師の前に腰をおろした。

「あなたは告知を希望されていましたね」

耳もとの医師の声は、どこか遠くからのように聞こえた。

「はい、そうです」

「では申し上げます。がん細胞が見つかりました」

覚悟はしていたものの、スッと血の気が引くのを感じた。

平成十三年七月夏、これから本格的な暑さを迎えようとしていたときのことであった。

それから一か月ほど、わたしは愛知医科大学病院でいろんな検査を受けた。がん細胞が身体のほかの部分へ転移していないかどうかを調べるためである。心電図、MRI、骨シンチグラフィーなどの検査を受けたが、幸運にも、膀胱への浸潤や骨への転移などはなく、がん細胞はやはり前立腺内に局限されているとのことであった。

わたしはほっとし、一瞬、気の休まる思いをした。しかし、安心はそのときだけであった。すぐに、これからの治療法を何にするかという大きな問題が降りかかってきた。いくつかの選択肢のはざまで、わたしの心は揺れながら、悩むことになるのである。

腹腔鏡手術を決意

わたしはもう最初のショックから立ち直っていた。こうしてはいられないという焦りも手伝って、気持ちはしゃんとしていた。というより、むしろ勇み立っていた。

「さあ、戦闘開始！　何はともあれまず敵を知ることだ」

こうして、前立腺がんの勉強が始まった。雑誌や本を何冊か購入して読んだ。インターネットからは、いくつもの病院や研究所の出している最新情報を集めたりした。

しばらく後のある診察日、Ａ医師はいった。

「この病気の場合、選択肢が三つあります。手術か、放射線治療か、ホルモン療法かです。でも、ホルモン療法は手術または放射線療法と組み合わせて、その前治療として行うのが普通ですから、正確に言えば手術か放射線かです。いずれにしても、事前にホルモン療法をして、がんを縮小させておく必要があるので、早速、今日からホルモン療法を始めましょう」

こうして、わたしはホルモン療法を始めることになった。毎朝、ホルモン内服薬カソデックスを一錠飲み、毎月一回、通院してホルモンLH－RHアナログを注射されるという治療が続くのである。

やがて、ずっと続けていたホルモン療法のおかげで、二、三か月後には腫瘍マーカーPSAが最初の七・一から〇・二まで下がった。

「薬がだいぶ効いて、よくなりましたね」とA医師は言った。

しかし、ホルモンがバランスを欠いたためか、その頃から身体がカーッと熱くなったり、頭がふらついたりした。妻のいう女性の更年期障害とはこのようなものであったかと想像しながら、今や手術にするか放射線にするかを決定する土壇場に来ていると思った。

その頃、勤めていた市邨学園短期大学はちょうど年度末に近づいていた。わたしは自分の属する科の科長に、今年度末で辞めさせてもらいたいと申し出た。

この短大には、公立高校退職後、専任と非常勤を合わせて十二年勤めていたのであるが、もう今となっては自由な時間だけがほしかった。残された時間は多くない。身辺整理もしなければならないし、心の準備も要ると思ったのである。

ホルモン療法を続けてかれこれ八か月になろうとしていた。

副作用はますます高じているようで、更年期様の障害のほかに貧血も進んで、脱力感が激しいのである。少し動くと息切れがする。

かねてから心配してくれていた長男と次男が大阪と東京からやってきた。手術か放射線かを最終的に決断するためである。妻を含めて三人の付添いをしたがえ、わたしは土曜日の午後、わざわざ面会の時間をつくってくれたA医師のもとを訪れた。

診察室に入ると、A医師は新しい情報を伝えてくれた。

「この病院でも、いずれやることになると思いますが、最近、前立腺がんにも新しい手術が導入されましてネ。腹腔鏡を使うのです。お腹に五か所ぐらい穴を開け、そこから腹腔鏡やメスなどを入れて前立腺を切除する方法です。今までのお腹を切る開腹手術と違って、患者へのダメージが少なく、回復も早いので、一週間ぐらいで退院できるらしい。高年齢者やほかに病気のある人には、ふさわしい方法かもしれませんね」

A医師はさらに続ける。

「関東にある某大学付属病院に、前立腺がん腹腔鏡手術に関しては日本でも一、二を争う医師がいましてネ。同僚の先生が実際その手術を見てきたが、素晴らしい技量だと感嘆していました。もしあなたがそこで腹腔鏡手術をするということになれば、その先生に紹介状を書いて差し上げます」

それから息子たちも交え、話し合いは一時間ほど続いた。だが、結論はなかなか出なかった。最後に、わたしは思いきってA医師に尋ねた。

「先生のお父さんが仮にこの病気になられたとすれば、どの治療法を選ばれますか？」

暫く考えたすえ、医師は言った。

「わたしだったらやはり、身体に負担の少ない腹腔鏡手術を選びます」

この一言で、わたしは腹腔鏡手術を決意した。

しかしこのとき、わたしはまだ腹腔鏡の恐ろしさを知っていなかったのだ。後になって新聞を賑わした東京の慈恵医大青戸病院をはじめ、いくつかの病院で裁判沙汰になった腹腔鏡手術による事故死のことは、そのときはまだ病院の密室のなかに閉じこめられ、世間の目には触れていなかった。〈知らぬが仏〉か〈めくら蛇に怖じず〉の蛮勇で、わたしは危険が待っているとはつゆ知らず、腹腔鏡手術を選んでいたのだ。

不吉な前兆

平成十四年四月中旬の早朝、わたしはA医師の紹介状を携え、その某大学付属病院へ向かった。

診察室で初めて接したT教授は、五十がらみのがっしりした体格の医師で、重厚な態度のなかに自信のほどをみなぎらせていた。

「これまで、わたしは七十例ほどの腹腔鏡手術をしています。おそらく日本では一番多いでしょう」

T医師は、腹腔鏡手術とはどういうものか、こまごまと説明してくれたが、すでにおよそのことは知っていた。だから、医師の説明に魅せられたというより、やはり医師の名声に惹かれたのであろうか、聞きながらわたしはこの医師に手術してもらうのがずっと以前から決まっていることのように感じていた。

六月十二日、入院の日がきた。妻とわたしは五時に起床し、新幹線を乗り継ぎ、十時には病院に着いていた。手続きを済ませ、予約してあった個室に入った。

翌十三日、昼食後、腹部の剃毛をし、下剤を飲む。腸の中を空にし、手術に備えるためだ。下痢が始まり、トイレ行きが頻繁になった。

夕方近く、次男一家がやってきた。長男一家はわたしが入院する一か月前の五月、仕事の関係でアメリカのメリーランド州へ移り住んでいたため、その分の責任を負ってか、次男がいろいろ世話をしてくれる。嫁が紙袋をくれた。開けてみると、なんと千羽鶴であった。ジーンと胸に来た。聞けば、この一か月、嫁は次男にも告げず、ひとりで鶴を折り続け、完成する最後の日に次男に打ち明け、数枚を手伝ってもらったという。感激ひとしおであった。この千羽鶴は、今もわが部屋の壁に飾ってある。

夕方、嫁と孫たちが帰り、病室には次男と妻だけが残ったが、それも九時を過ぎると追い出され、駅前のホテルに泊まりに行った。消灯後も、わたしはずっと点滴につながれていた。

深夜、ふと目覚めると、シーツが真っ赤になっている。ベルを鳴らした。看護師や当直医が飛んできて、手当てをしたり、シーツを換えたりした。寝ている間にわたしが無意識に腕を動かし、それで点滴の注射針が管からはずれ、その針から静脈の血が流れ出たらしい。女性医師の行った注射針の固定の仕方がずさんであったのだ。一事が万事ではないかと、このささいな事件になにか不吉な前兆を感じていた。

血管を切断

六月十四日、午前六時三十分、早くも妻と次男がやってきた。いよいよ今日が手術だと思うと、やはり緊張は隠せない。

八時、麻酔医が部屋に来て、軽い前麻酔を打った。八時三十分、ストレッチャーに乗せられ、手術室へ入った。手術台に移され、まず脊髄の麻酔注射、それから口に呼吸麻酔をあてがわれた。もうそろそろ九時かと思いながら、意識が薄れていった。

それから何時間たったのであろうか、混濁した意識の底で天井が動いていた。運ばれているのだと思った。どこかの部屋へ入ったようだ。後で聞くと、そこは手術後の観察室で、何か処置をされたようだ。それから、個室へ移された頃、ようやく麻酔が覚めた。

妻の話によれば、手術は五～六時間で済むから、遅くとも三時には出てくるだろうと聞かされていたが、午後四時になっても、五時になっても出てこない。事故でもあったに違いないと、妻と次男は付き添いの部屋でいたたまれなかったという。

妻の直感は正しかった。実はこの間、閉ざされた手術室では、おそらく患者の生死をかけたドラマが繰りひろげられていたのだ。本人はもちろん、妻も次男もうかがい知ることのできないドラマが――。

午後六時近くなってやっと出てきた夫の顔は、血の気が失せ、まるで土左衛門のように腫れあがり、目はつぶれたようになっていたという。まさか、と思ったとき、執刀医のT医師が出てきた。手にした容器の中には、小さなミカン大のものがあった。

「これがその前立腺です。手術は無事に終わりました。ただ、血管が脆かったので少し傷ついてしまいました」

一瞬、妻は青ざめた。

「奥さん、大丈夫です。すぐ縫合しましたから」

「先生、それで九時間近くもかかったのですか？」

「はい、縫合したところがまた破れ、もう一度縫い合わせたからです」

妻はさらに仰天した。

「そんなこと、よくあるのですか？」

「そんなことはめったにありません。わたしが今までやった七十一例の手術のうち、血管を傷つけたのは一度だけです。ご主人で二度目です」

こともなげにいう医師の態度に、妻は思わず言葉を失った。めったにないからといって、それが免罪符になるはずはない。めったにないというその二度目が、夫の身に起こったのである。

腹腔鏡手術で血管を切った場合は、直ちに開腹手術に切り替える、と聞いていた妻は、

「お腹を切り開いたのですか？」と尋ねた。

「開腹手術はしていません。しかし、一か所の穴を五センチほど切り広げ、そこから血管を縫い合わせ、出血を止めました。わたしはそれだけの技術は持ち合わせています」

T医師はむしろ得意気であったという。

手術が終わって、わたしは極度の貧血状態にあった。赤血球数は平常値が四〇〇万以上のところ、二七〇万まで減少していた。栄養補給と一緒に麻酔薬の点滴をずっと受けているので、痛みはなかった。しかし、意識はもうろうとしていて、一晩中悪夢にうなされた。

夢うつつのなかで、寝ているベッドがエレベーターのように空中に上昇したり、下降したりするのを感じていた。そして、いつの間にかわたしは空中に舞い上がり、そこから下界を見おろしていた。下界では、カラー映画の特撮場面さながら、アリのような群衆が無数に押し寄せたり退いたりしている。そうかと思うと一転、わたしは暗い洞窟の中の通路で出口を求めてさまよっていた。突然、目の前に岩戸が落ちてきて進路をふさぐ。あわてて別の通路に入りこむと、また行く手をさえぎられる。

「あなたは三途の川を途中で引き返したのよ」

わたしの夢の話を聞いて、妻はそう言った。

なるほど、あれはひょっとすると妻の言うように、幽体離脱か臨死体験というものかもしれなかった。迷信めくが、もしも見おろした下界に自分の姿を見ていたとしたら、あるいは、もしも洞窟の中で行く手を岩戸でさえぎられなかったとしたなら、今ごろわたしは向こう側の世界へ行っていたかもしれない。

タコ八の入院生活

六月十五日、手術後第一日目であった。朝、身体はだるいが意識はハッキリしてきた。T医師がはやばやとやってきて、わたしを診察した。妻が昨日の手術のお礼を述べていた。わたしは身動きもならず、点滴だけを続けていた。

朝食は抜きであったが、昼食にはもう粥が出た。食欲のないまま、電動ベッドを起こされ、妻に食べさせてもらった。身体中に管がくっついているので、自由が利かないのである。右の鼻孔に酸素の管、左の鼻孔に胃袋の管、首の静脈に点滴の管が二本、背中に痛み止めの注射管、腹部の手術孔には出血を吸い出すための管が左右二本、最後に導尿の管が一本である。数えてみると八本あった。

「まるでタコの八っちゃんだナ」と言うと、妻は笑った。久しぶりの笑顔だ。この状態はよくスパゲッティ症候群といわれるが、むしろタコ八症候群だと思った。

ところが驚いたことに、昼食後、もう立って歩けという。

「安藤さん、途中で休み休みでもいいですから、わたしにつかまって病院の廊下を一周してください」

看護師はすべての管を点滴台に括りつけ、わたしを立たせた。右側に移動式点滴台を持ち、左側の看護師にすがりながら、そろそろと歩く。気息奄々だが、これをやらないと血栓が脳や心臓に飛んで、脳梗塞や心筋梗塞を起こすおそれがあるという。

こうして手術後六日目に、わたしは病院を出た。入院日数は全部で八泊九日とあっけないほど短かった。

「案ずるより産むが易しとは、よく言ったものネ」

妻の言葉を聞きながら、タクシーに乗り込む。そのまま、三鷹市の次男の家に直行。次回の診察日まで半月ほど、ここで厄介になりながら療養することになった。

次男家からわが家へ

次男の家で過ごした最初の一週間は、三十七度台の微熱が続き、頭痛に加えて喉や耳の痛みも激しかった。風邪かもしれないと思ったが、妻は貧血のせいだろうという。しかし、一週間を過ぎる頃から、わたしの体調は次第によくなっていった。

一家がわたしの回復のために努力してくれたためであろう。妻は毎日、朝晩二回、腹部のガーゼを取り替え、傷口を消毒してくれた。嫁はわたしの貧血を治すため、栄養価の高い食事を懸命に作ってくれた。歩けるようになると、孫たちも「おじいちゃん一緒に歩こう」と言って、わたしを近所の散歩に連れ出してくれた。次男も出勤前にどこかへ出かけている様子なので、嫁に問いただすと、回復祈願のお参りらしいという。また、胸が熱くなった。

次男の家での半月が終わる頃、体力はかなり回復し、貧血も治まっていた。

七月四日、再受診の日が来た。その前日は横浜市の義弟の家で泊まり、当日は義弟の車で某大学付属病院まで送ってもらった。

「傷口はすっかりよくなりましたね。尿漏れはありますか?」

「退院後一週間ぐらいはありましたが、今ではほとんどありません」

診察が終わると、義弟の車で横浜駅前のレストランへ行った。途中で乗せた義妹も加わった。退院祝いを兼ね、ささやかなご馳走をした。アルコールが解禁とあって、入院以来はじめてのビールを飲んだ。喉にしみた。

しかし、その後がいけなかった。帰りの新幹線の中で、ひどい尿漏れを起こしてしまった。やはり当分ビールはお預けだと、思い知らされた。

二十三日ぶりに帰った名古屋は気温三十四度、夏たけなわであった。ちょうど一年前、がん告知を受けたときも夏であったと思い出しながら、感慨にふけっていた。

わが家に着くと、まずアメリカの長男にEメールで無事帰ったことを知らせた。

夏が過ぎ、秋になった。手術して、かれこれ四か月たっている。PSA前立腺特異抗原値は○・一以下を保っていた。体調も回復し、わたしは毎日一万歩を目ざしてウォーキングに励んでいた。日常生活も以前と同じに戻っていた。いや、厳密にいえば以前とまったく同じというわけでなかった。

その年の三月まであった市邨学園短期大学の仕事はもうなくなっていたから「毎日サンデー」であった。ストレスから一切解放され、自分の好きなことのできる幸せを味わっていた。

ある日、わたしはかかりつけである近所のB医院に薬をもらいに行った。

「すっかり元気になられて、よかったですね。ところで、安藤さんが手術を受けたというT教授は、日本でも有数の前立腺腹腔鏡手術の名医なのですね」

そういって、B医師は「日本の名医」という週刊誌の特集記事を見せてくれた。そこにはT教授の名前が上位に出ている。B医師は言葉を継いだ。

「そんな先生に手術してもらって、運がよかったですね」

B医師の言葉を聞きながら、わたしはその名医の手術中の大出血のことを（名医はわたしの血管が脆いから切れたと言ったが）、もう少しで話すところであった。が、思いとどまった。この医師には、わたしは幸運であったことにしておこうと思いながら――。

平成十四年十一月、東京の慈恵医大青戸病院の医師三人が、業務上過失致死容疑で逮捕されたニュースを知った。経験のないまま流行の腹腔鏡手術を敢行した医師の行為は論外であるが、その後も、経験を積んだ医師でさえ腹腔鏡手術によって「大量出血死」を引き起こしている事実を知ると、あらためてこの手術の難しさを思った。

それにつけても、わたしはB医師の言った「運がよかった」という言葉を思い出す。そして複雑な気持ちになる。たしかに、日本で有数の医師に手術してもらったのは運がよかったかもしれない。しかし、わたしは血管切断の大量出血で危うく死ぬところであった。それは運がよかったどころか、この上もない不運な出来事というべきであろう。

だが、まてよと、また思う。首尾よく縫合されて出血が止まったのは、名医だからこそできた技ではなかったか。下手な医師だったら、本当に死んでいたかもしれなかった。そう考えれば、T教授は命の恩人であり、やはりわたしは幸運というべきだと、今となっては思うのである。

《退職後の諸活動》

高年大学で学ぶ

わたしは市郡学園短期大学に専任として十年間勤務し定年を迎えたが、引き続いてその後は非常勤講師となった。

そうは言っても、週一日二コマ受け持ちの勤務は無いに等しく、退職後は自由時間に恵まれた第三の人生の始まりといってもよかった。暇を持てあましてわたしは、県知事が総長を務めるという「あいちシルバーカレッジ」に入学した。週一回の講義は歴史、文学、健康など、老人向きの話が多く、それなりに楽しみながら一年間の勉学を修了した。

ところが不幸は、思いもしないときに突然やってくるものである。それを古人は「青天の霹靂」と言った。平成十三年七月、非常勤二年目。前立腺がんの宣告である。まずまずの健康体を維持してきただけに、心理的打撃は大きかった。

もうこれ以上仕事を続ける自信はなく、非常勤講師の職はその年の年度末、平成十四年三月に辞めることとなった。そして六月、わたしは前立腺がん摘出の手術を受けた。その間の事情は「前立腺がんになる」で書いたとおりである。

さて退院後は、「年金生活」という新たな人生が待ち構えていた。予後の医者通いのほか何もすることのないわたしは、愛知県のシルバーカレッジと同様の高年者向けの学習機関である名古屋市の高年大学「鯱城学園」に応募して入学した。

平成十六年四月、その入学式があった。名簿順ということで、わたしは五百人ほどの学生を代表して、松原武久学長（当時の市長）の前で入学の宣誓を読み上げた。

がんの予後の健康維持のためもあって健康学科に入ったのだが、授業内容には一般教養のほか病気の知識や体調管理の方法などがあり、午後は体操などの実技もあって充実していた。わたしは健康学科を選んだことに満足した。

週二日の登校日のもう一日は、クラブ活動の日であった。わたしは国際文化研究クラブに入り、互いに研究発表をしたり、名古屋国際センターその他の施設を訪問したりして、楽しみながら研修活動を行ったものである。

そのほか鯱城学園には、修学旅行を始め、遠足、運動会、文化祭などの行事が目白押しにあって、ここで過ごした二年間は久しぶりに学生時代を思い出し、気分的にも若返り、充実した日々であった。それはわたしだけではない。学生間で、ロマンスの噂を漏れ聞くこともあった。ただ、いまでも思い出し、老いてなお人間の本性は変わらないものだと、悲しくなる事件もあった。クラブのなかの人間関係のごたごたである。

わたしの所属する国際文化研究クラブにも、下部組織としていくつかの委員会があり、その一つに旅行委員会があった。この委員会は毎年、旅行の候補地を提案し、クラブはそれに従って旅行するのが慣例であった。

ところが二年目、新しく選任されたクラブの代表がそれをくつがえし、行き先を変えてしまった。気持ちの収まらないのは旅行委員会の面々で、それまで仲のよかったクラブは、少数の代表派と多数の委員会派の二つに割れてしまった。

「みんなで決めたことをまとめて実行するのが代表の役目なんだ。それがなんだ！　彼は自分が社長にでもなった気でいるのか」

代表を非難する陰口をよく聞いたものだ。

これに類する事件は、あちこちであった。ある部署で責任を持たされると、自分が偉くなったとでも勘違いするのか、仲間の者を無視して自分の意見を押し通そうとする。おそらくそれは、現役時代に役職に就いた者が部下に命令することに慣れ、身についた習性かもしれない。「雀百まで踊り忘れず」というべきか。

そんなことがあったとはいえ、ここでの二年間の活動は貴重な体験であったと思う。

卒業後もこの高年大学の影響は大きい。各区にはＯＢ会があり、わたしもこの地区の鯱友会に属しているし、健康学科や国際文化研究クラブのＯＢ会の主催する行事には、できるだけ顔を出すことにしている。

トワイライトスクール奮闘記

始めは不安が先にきた。どうしてよいか、皆目見当もつかない。これまで中・高・大の生徒や学生たちには教えてきたが、小学生に教えたことは一度もないからである。

それが、小学生の、しかも低学年児童に英語を教えてくれという。近所に住む区政協力委員長Yさんの、たっての頼みであった。こちらは定年後の暇な身の上、経験がないからといって断るわけにもいかぬ。それに病院通いの多くなった近ごろ、子どもたちから元気をもらうのも一策かと、気軽に引き受けた。

こうして、平成十六年六月、トワイライトスクールなるものに出かけることになった。トワイライトスクールとは、地域の大人たちが協力し、放課後の子どもたちを安全かつ自由に遊ばせ、また学びや体験を通して心身の育成を図ろうという名古屋市の子育て支援のひとつである。場所は藤が丘小学校、月に二回、授業後の三時から一時間ほど面倒を見る。講座の名前は、子どもたちに親しみやすいように、「英語で遊ぼう」とした。

はじめて案内された教室は、二教室をぶち抜いたぐらいのホールであった。そこに、一年生から三年生ぐらいまでの子どもが四十~五十人、板の間に腰をおろしている。これまで馴染んできた生徒や学生たちと比べると、いかにも小さく、可愛いらしい。新鮮な気分になる。

「グッド・アフタヌーン、エヴリ・バディ！　ハウ・アー・ユー？　元気ですか！」

なるべく英語に慣れさせようと、使う言葉は英語と日本語のちゃんぽん。

まず、ラジオから録ったテープに合わせて、ABCソングの斉唱。最初はか細かった声も、繰り返すうちに次第に大きくなる。次は、用意してきた絵と文字入りのフラッシュ・カードの出番。

「ホワッツ・ジス？　これ、何でしょうね？　そう、キャット、よく知ってるね。ネコは蹴飛ばすとキャッというから、キャットね。カラスは黒いからクロウ。英語ってかんたんだよね」

笑いの反応がある。いい調子だ。と思うと、すかさず声が飛んできた。

「せんせーい、けとばしたら、イヌだってキャッというよ」

なかなかの突っこみ。こちらも負けてはいられない。

「いや、イヌはワンワンだろ。でも、それは日本のイヌだよ。アメリカのイヌはどう鳴くか知ってるか？」

「バウ・ワウ」

三年生ぐらいの大柄な女の子である。

「エライね。日本語では〈ワンワン〉だけど、英語では〈バウ・ワウ〉と吠えるんだ」

「アメリカでは、イヌでも英語を使うの？」と、ほかの女子児童。

「そう、そう、動物だって英語使ってるよ。ニワトリは〈コッカ・ドゥードゥル・ドゥー〉、ブタは〈オインク、オインク〉ってね。面白いねー。君たちも動物に負けないように英語覚えようね！」

出足は快調であった。だが、十分もすると、あちこちでモジモジ、ソワソワが始まり、やがてガヤガヤとなる。話には聞いていたが、これほどてきめんに飽きられるとは、やはり予想を超えていた。

しからばと、次回からは歌とゲームに徹することにした。しかし、事態はさらに悪化した。歌で大声を出させたり、アクション英語で身体を動かせたりしていると、彼らはいっそう解放気分になり、動物の鳴き声を真似る者やら、ホールの中を駆けまわる者やらで騒然、収拾不能の状態になった。こうなっては、大声を出さないわけにはいかない。

叱ると当座は静かになるが、ものの五分もしないうちにすぐにまた騒ぎ出す。

こうして、手を替え、品を替えての格闘が当分続くことになった。

「競争させると、案外一生懸命にやりますよ」

スクールの責任者であるOさんの助言もあって、今度は歌やゲームを学年別、男女別に競争させることにした。これは、見事に功を奏した。Oさんは元小学校校長だけあって、やはりその経験は貴重だ。

一番人気は、フラッシュ・カードのカルタ取り。英語で指示を出すと、奪い合って取り合う。それに飽きてくると、英語のジャンケンである。

「ロック、シザーズ、ペイパー！　ワン・トゥー・スリー」

「A組の勝ち！」「B組の勝ち！」

喜々としてやっている。

ようやく、小学生相手の指導も身に付いてきたようだ。だが一見、順調に思えるが、問題がないわけではない。ここにきて、はじめて知ったことだが、勉強にしろ、遊びにしろ、子ども相手の仕事は大変である。終わるとヘトヘトになる。元気な大勢の子どもたちに対するに、こちらはひとり。衆寡敵せずで、一時間もしゃべっていると、声がかすれてくる。

終わって、控え室に戻ってくると、思わず出る言葉がある。

「ああ、疲れたー」

横で出席簿の整理をしていたアシスタントの女性が、話しかけてきた。

「いつも大きな声を出されて、先生も大変でしょう。子どもから元気をもらうとよくいいますが、かえって疲れをもらうことが多いですね」

「けだし、名言」というべきか。早く、子どもの扱いになれて、元気だけをもらえるようなベテラン指導者になりたいものだと思った。

楽しいことわざ講義

「もしもし、昭和高校で先生に教えていただいたT・S子です。お分かりですか」

突然の電話であった。聞けば、もう三十年も前のことだという。名前を聞いただけでは思い出せない。

「申しわけない。顔を見れば思い出すかもしれないが――」と答えると、

「じゃあ、会って下さい。講演をお願いしたいですから――」とたたみ掛ける。

平成二十四年四月、藤が丘駅前のスターバックスで会うことにした。対面すると、長い歳月が一挙に吹っ飛んだ。まるで何かを訴えるような、それでいて相手の心の中を見通すようなあの眼差しは、かつての魅力をいまだにたたえていた。

自己紹介によれば、彼女は名古屋市の福祉協議会に勤めていて、〈はつらつ〉という高齢者向けの講座を担当している。〈はつらつ〉講座は、各学区にあるコミセン（コミュニティセンター）で毎週行われているが、そのうち八か所で講義をしてほしいというのだ。テーマは〈東西のことわざについて〉。むろんこの頃に出版した拙著の紹介でも結構だという。話し合いの末、秋の講座も担当することになった。

げに、もだし難きは教え子の頼みというべきか。かくて、ボランティア講座の始まりとなった次第であった。

「あなた、大丈夫ですか？　大変ですよ」

「なに、大変なものか。〈相手変われど主変わらず〉で、同じことを繰り返せばいい。準備の労力は要らないから、大丈夫。ただ体力は要るがねー」

妻は夫の健康を心配して、毎回コミセンに付き添ってくる。たしかに、一時間半の講義は疲れ

ないと言えば嘘だが、それで体調を崩すということはない。いやむしろ、調子は上々である。現職時代の職業意識も蘇り、久しぶりにしゃべることに情熱を感じはじめていた。

ところが、〈はつらつ〉講座の八回分が終わる頃になると、どこで噂を聞いたのか、いろいろな会やサークルから講演依頼が舞い込んできた。〈乗りかかった船〉とばかりに引き受けていたら次々に増え、すでに予定されている〈はつらつ〉の後半部分を合わせると、これから先十数回やらねばならぬ羽目となった。

「あなた、もう引き受けないでよ」

と、妻が言う。わたしもこの辺が限界かなと考えていた。

さて、これまでやった講演や講義の受講者は、多いときは数十名になるが、少ないときは十数名、そのほとんどは中高年の女性である。講義というより、座談会形式になることもある。みんな気軽に参加できるように、クイズを多く採り入れているので、問答をめぐって賑やかな談笑の花が咲く。

人気の高いのは、日英の愛情表現の違いについての解説である。

「英米では〈アイ・ラブ・ユー〉を言わなかったことが離婚原因になるというのは、あながち笑い話ではありません。彼らには〈口は心で思うことをしゃべるもの〉という信仰があります。〈アイ・ラブ・ユー〉を口にしないのは、愛がない証拠とされるのです」

「へえー、そうですか。日本人は逆ですね。〈以心伝心〉〈言わぬが花〉ですから――」

「そう、〈秘すれば花〉は、とくに日本人の愛情表現にピッタリですね。いまの若い人はそうでもないようですが、昔の女性は、相手に〈好きです〉が言えなかったのです。だから当時の文豪たちは、西洋人女性の言う〈アイ・ラブ・ユー〉を日本語に移すのに苦労しました。二葉亭四迷、米川正夫、夏目漱石が、それぞれどう訳したか考えてください」

「分かりません。そんなこと、これまで言ったことのない者に、分かるはずないじゃないですか」

ひとりが答えると、皆がどっと笑う。

「では、わたしが皆さんの気持ちを代弁して差し上げましょう。日本における言文一致運動のリーダー二葉亭は〈死んでもいいわ〉と訳したし、同じ箇所をロシア文学者の米川は原文を尊重すべく〈あなたのものよ〉と訳しました。人間嫌いの漱石は〈月がきれいですね〉とでも訳せと、学生に言ったと伝えられています」

話がそういう箇所に及ぶと、女性たちは一斉に驚嘆の声をあげる。

むろん、堅い話もする。

「ことわざを巧みに使うと、文章や談話が格段にうまくなりますよ。天声人語や中日春秋などのコラムは、ことわざを枕にして論旨を展開することがよくありますね。説得力が増すのです」

「ことわざの論理は〈対比と逆転〉だと言われましたが、具体的に教えて下さい」

「ことわざはものを相対的に眺めます。〈苦あれば楽あり〉とか〈どの雲も銀の裏地をもっている〉とか言って、両面を見るのです。これを複眼の見方と言います。必ずしもことわざを知らなくてもいい。ものごとを対立的に捉え、逆転させるというテクニックをものにすればいいのです。例えばですね、野田佳彦元首相が民主党の総裁選で前原誠司氏に逆転勝利したのは、演説のうまさだったと言いますね」

「どんな話でしたか」と、誰かが尋ねる。

「相田みつをさんの詩を引用し、〈ドジョウがさあ、キンギョの真似することねんだよなあ〉と言いました。正反対の二つのものを対比させ、自分はキンギョでなく、ドジョウとして国民のために働きたい――。これなど、まさにことわざの発想そのものです」

「それで思い出しましたが、むかし大河内一男という東大総長が〈太った豚より痩せたソクラテスになれ〉といったのも、対比の論理の応用ですね」

一番前に座っていた白髪の男性が口をはさんだ。こういう意見が出れば、しめたものである。講義の成否は、聴衆の議論への参加にかかっていることをあらためて知る。

いくつかの講義では、最後の締めとして、次の英語ことわざを板書した。

〈毎日をあなたの人生の最後の日と思って生きよ〉

〈今日は残された人生の最初の日である〉

「皆さん、この二つの英語ことわざを覚えて下さい。どちらも、今日という日をどのように生きるかを教えることわざです。一つは、過去を振り返り、今日を最後の日として、つまり明日無きものと思って生きなさい、ということです。もう一つは、将来を見据えれば、今日が最初の日となりますね、だから今日が自分には一番若い日だと考えて、残りの人生を生きなさい、ということです。さて、あなた方はどちらの生き方を選びますか」

ある講義で、この質問をして終わろうとしたら、すかさず質問が返ってきた。

「先生はどちらを選びますか？」

「うーん、そうですね。わたしは——、いや、いや、ご自分でお考え下さい。これは皆さんへの宿題ですから——」

意表を突かれてしどろもどろだった。〈問うは易く、答うるは難し〉である。

著作の刊行

平成十五年十月のある日、わたしは妻に誘われて名東生涯学習センターの文化祭へ出かけた。会場の一角で、ブリキで作った製本機を売っていたので、何気なく購入したが、後になってこれが大いに役立ってくれようとは、そのときは夢にも思わなかった。

そのコーナーには製本機のほかに、同人誌「なごやか」が展示されていた。立ち読みしたわたしは、それぞれの人が自分の生き方を赤裸々に書いた自分史に心を打たれた。

それが「名東自分史の会」（当時の名称）へ入会したきっかけであった。

自分史の会に入ったわたしは、その前年にがんの手術をした体験をもとに、毎月一章ずつ七か月にわたって書き続けることになった。それが「前立腺がんになる」である。同人誌「なごやか」50号（平成16年4月）および51号（平成16年7月）に発表されたこの文章は、わたしにとっていわば自分史における処女作であった。

それ以来、自分史を書き続け、令和元年末には十六年になる。「なごやか」もついに記念すべき百号を迎えている。自分史の会に入ってしばらくすると、わたしは自分の書いた自分史やエッセイの類いを、「なごやか」とは別に自分の文集として纏めたいと思うようになった。ここで、冒頭に述べたブリキ製の製本機のほか、会友のTさんから頂いた木製の製本機が、わたしの思いを実現してくれることになったのである。

『いたどり記』と名付けたわたしの自家製本は、これまでに第三部まで作成し、親族、知人、教え子らに贈呈してきた。

本格的な書籍の出版は、短大在職中に中日出版から上梓した『英語コトワザ教訓事典』（平成十一年）であったが、これは費用を全額負担する自費出版であった。英語のことわざに含まれた教訓を二四六個抽出し、それをもとに一千例を超える英語のことわざを教訓別に分類・配列したもので、便利な用法辞典としてマスコミにも取り上げられた。それもあったが、また縁者、知人の協力もあって、一千部を完売、赤字はすべて解消した。なお、わたしはこの本の内容をそのまま、新たに開設したホームページに公開した。それは現在、巨大辞書サイト「Ｗｅｂｌｉｏ」の中にも納められ、多くの人の利用に供している。

「高年大学で学ぶ」で書いた鯱城学園を卒業してからは、時間的にも余裕ができたので、一日の大半をパソコン相手に過ごしはじめた。自分史を書くほか、ことわざについても新しい知見を注入しながら、少しずつ原稿を書きためていた。

自費出版の成功で自信を得たわたしは、前著を少々改定した簡約版の原稿を完成させ、商業ベースに乗せるため東京のいくつかの出版社に原稿を送ることにした。インターネットで検索した出版社の一覧表に目を通しながら、ことわざ関係の書籍を出しているか、または出してくれそうな出版社を十数社選び出し、原稿の見本を送って出版を依頼した。二つの出版社から出版承諾の返事が来て、わたしは辞典類の出版で名高い東京堂出版にお願いした。出来上がったのが『テーマ別 英語ことわざ辞典』（平成二十年）である。十種類に近い新聞や雑誌に取り上げられ、お陰で第三刷まで出た。

その翌年、短大の研究誌に発表したエドガー・アラン・ポオについての諸論文にも日の目を見せてやろうと思い、前著と同じようにいくつかの出版社に打診してみたが、専門書を企画出版として引き受けてくれるところはなかなか見つけられず、やむなく自費出版とした。『エドガー・アラン・ポオ論ほか』（英潮社・平成二十一年）である。この本は、「短大時代の研究論文」で紹介したポオの三論文のほか、「生活記録と文学」（岩波書店「文学」昭和三十一年三月号）および「文学批評の原理と方法（序説）」（「われらと」昭和三十四年一月号）を含んでおり、これはマスコミには取り上げられなかったが、わたしの愛する自著である。

その次に出版したのは、やはりことわざ研究に関するもので『東西ことわざものしり百科』(平成二十四年)。春秋社が引き受けてくれた。英語ことわざには同じ意味の日本語ことわざがある場合もあり、また無い場合もある。そこに日本と英語圏の文化の違いがあることに興味を持ったわたしはそれを解明しようとした。

その頃から、わたしはいくつかの団体やクラブからことわざの講義を頼まれるようになった。各種老人会、自治会、福祉事務所などへ、多いときは年に二十回近く出かけて講義した。

「あまり無理しないでよ」という妻の忠告も無視したせいか、以前から抱えていた慢性腎臓病が悪化しただけでなく、心臓に不整脈も生じてしまった。

前立腺がんは完治したが、新たに発症した病気のために医者通いが多くなり、それに身近の人たちの不幸も重なって、憂鬱な日々が続いていた。

外出も減った。毎月の自分史の会と数年前に有志と立ち上げた読書会は何とか続けていたが、毎週の囲碁や体操の日は休みがちになった。このままではいけない、体力もさることながら、問題は気力だ。もう一度、ことわざの本を出そうと決意した。

平成二十八年の秋、これまで出したことわざ辞典に物語風の味付けをし、新しい改訂版のための原稿を書きはじめた。翌年の二月、以前のように十数社の出版社を選び、原稿の見本を送って出版を打診した。

するとまず、全国的に学習塾を展開する「くもん」からメールが来た。原稿は難しすぎるので出版できないが、小中学生向けのやさしい英語のことわざの本を出したいと考えていたところだから協力してくれないかという。引き受けると、東京本社からやって来た編集者と何回か打ち合わせをし、その後はメールで原稿のやりとりをしながら、長丁場の仕事を進めていった。女性漫画家やアメリカ人などの協力も得て、十か月後の平成三十年一月、全四巻の『やさしい英語のことわざ』(くもん出版・平成三十年)が完成した。評判がよいらしく、その後、四巻とも重版された。出版の打診に対する返事はもう一つ来た。語学図書などを出版している開拓社からだった。出版を引き受けてくれるという。しかし「くもん」から遅れること数か月で、そのときはすでに「くもん」依頼の原稿を作成中だった。したがってその上に、開拓社との原稿のやりとりや校正が重なり、平成二十九年末から三十年の始めにかけては、てんやわんやの毎日だった。

その過労が祟ったのかどうか定かではないが、その年の二月十二日、わたしは脳出血で倒れた。だから残された膨大な原稿の再校正の作業は、妻にも頼らなければならなかった。

三月二十四日、わたしは一か月半の入院を終え、無事退院した。その後は、リハビリ生活を続けている。そして六月二十日、産みの苦しみのすえ『ことわざから探る 英米人の知恵と考え方』(開拓社・平成三十年)は、「開拓社 言語・文化選書」の一冊として無事出版されたのである。

《蝕まれる健康》

車椅子に乗る

無病息災ならぬ〈六《む》病息災〉をもって任じているわたしだが、それなりの苦労はしている。といっても、実は妻の厳しい管理に従っているだけ、というのが本音である。

例えばビール。昔は大瓶二本が普通だったが、いつの間にか一本になり、やがて大ビンが中ビンになり、中ビンが三五〇ミリのカンビールになり、それが今ではなんと半分、半分は翌日にリザーヴである。

情けなや、そんなビールでも無ければ食事は喉を通らない。それでも習慣は恐ろしい。けっこう酔えるから不思議である。

そんな天下太平の日常が、思ってもみない椿事に見舞われた。

平成二十六年の四月、その日はウェスティンナゴヤキャッスルでの昼食会、高年大学のOBとして妻もわたしもともに所属する会だったので、二人で出かけた。

レストランはホテルの十一階にあった。席について窓から目をやると、眺望は絶佳。巨大な名古屋城が眼下に盤踞し、その周辺には満開の桜が彩りを添えている。かつて次男の嫁の両親を招待したのもこの階の個室だったことを思い出しながら、フランス風ランチを賞味する。

その日の参加者の大半は下戸の女性で、三本注文したビールはほとんどわたしが飲む羽目になってしまった。久しぶりに杯を重ねたビールは、胃の腑に沁みた。

さて、食後は当時特別公開中の名古屋城本丸御殿を見学するというので、一行は連れだって外へ出た。ホテルから城の入り口までは、堀を巡る桜並木を歩いて数分である。天気は上々、絶好の花見日和であった。それでも風はやや冷たかったが、それがほろ酔い気分の頬にはかえって気持ちよかった。

ところが――である。歩いているうちに、わたしは足元がふらつき始め、思うように進めず、仲間から遅れ始めた。おかしいなと思っているうちに、胸のあたりがムカムカしてくる。戻しそうになる。我慢しているうちに下腹に痛みが走り、居ても立ってもいられなくなった。もうダメだと思った瞬間、かすんだ目が路傍の公衆トイレを捉えた。地獄に仏とばかり、駆け込む。心配する妻の声が後ろから追いかけてきた。何度もゲー、ゲーの連続。さっき食べたものをすっかり戻してしまった。

どのくらいしゃがみ込んでいたことだろう。十分か、十五分か、それでも気持ちの悪さはいっこうに治まらない。そのとき、もうろうとした意識に浮かんだのは、旅先のトイレで倒れたまま急逝した義妹のことであった。続いて、若くして逝った兄弟の記憶がよみがえった。兄は急性膵炎で五十代、弟は大腸がんで六十代、いずれもアルコールがもとでこの世を去った。己の人生もこれで終わりか――という思いが、一瞬頭をよぎった。

「邦男さん、大丈夫ー？」

妻の声が外から聞こえたとき、ようやくわたしは立ち上がることができ、外へ出た。

後で聞けば、妻はずっと前方を歩いていた仲間たちに、先に行ってくれるように頼みに行って戻ってきたという。そして顔面蒼白になって出てきたわたしを見て、このまま倒れこむのではないかと手に汗を握ったそうである。

わたしは身体中の力が抜けていた。そしてやたらに口が渇いていた。堀をめぐる散歩道をトボトボ歩きながら、やっとの思いで名古屋城の正門前にたどり着いた。

城の入り口で、妻は車椅子を借り、わたしを乗せた。城内に入り、妻が自販機で買ってくれたお茶を飲むと、一息ついた。でも、それで治まったわけではなかった。二度、三度と、自販機横にあったトイレに座り込むことになり、かれこれ一時間もした頃、ようやく落ち着きを取りもどした。

車椅子を借りた案内所の人がやって来て、

「簡易ベッドがあるので、そこで横になったら——」

と親切に言ってくれたが、断った。ただ、車椅子は城内を横断し、東門に到達するまで借りることにし、そこで返すことにした。

昼食を共にした仲間の姿はすでになく、車椅子を押す妻とそれに乗る夫という二人だけの、わびしい名古屋城見物となった。

「ビール、弱くなったわネ」

「うん、オレの身体、もうコップ一杯以上は受けつけなくなってるナ」

悲しいが、この現実は認めなくてはならない。

「どうですか、車椅子に乗った気分はー？」

気を取りなおして妻はいう。

「うん、別世界を旅する感じだよ」

生まれて初めての車椅子は、見なれた光景をすっかり変えてしまった。道行く人は見上げるばかりに背が高いし、前を歩く女性のヒップはちょうど目の高さにあるせいか、やたらに大きく見える。これは、五、六歳の幼児の眺める世界かもしれない。

「まるで老老介護の練習ね」

妻は冗談めかしてそう言いながら、ゆっくりと押してくれる。だが、病める身体に砂利道、乗り心地は、けっしてよいものではなかった。

目指す本丸御殿では、車椅子専用の入り口が別にあり、ボランティアの女性が親切に屋内用の車椅子に乗り換えさせてくれる。驚いたことに、このまま部屋の中も廊下も通ることができるという。なるほど、畳には傷がつかないように敷物が敷かれてある。だが、その上を車椅子で通るには、かなりの心理的抵抗があった。

檜の香りがする廊下を通り、部屋に入る。高い天井、虎や桜を描いた見事な襖、立ち並ぶ観光客の間からそれらを眺めながら、わたしはまた別のことを考えていた。和室の襖絵は本来座ってみるものではないか。だとすれば、立って見るよりは視点の低い車椅子の方が、襖絵鑑賞にはむしろ適しているかもしれないのだ。ただ、惜しむらくは人が多すぎる。そんな思いを抱きながら、本丸御殿を後にした。

「今まで知らなかったが、老人や身障者への介助の設備はずいぶん充実しているね」

「そうですよ、ボランティアの人も熱心に世話してくれるしネ」

帰途、妻と語りながら、わたしはあらためて人びとの厚意と親切を身にしみて感じていた。

「こんなに世話してもらえるなら、車椅子人生も悪くないな」

「そんなことを言って――。罰が当たるわよ」

妻にたしなめられたが、いずれにしても、この日は己の行く末を暗示させるような一日ではあった。

脳出血で倒れる

(1) 祝杯のあとの異変

タクシーを降りて、家の門前に立って驚いた。フェンスに並べられた植木鉢には、茶色の土がむき出しになり、所々に枯れ果てた根っこが覗いている。

前年の今ごろ、この植木鉢には色とりどりの花々が満ちあふれていたことを思い出すと、この惨状は目を覆うばかりであった。妻の手が、花の世話に及んでいなかったことを、いやでも知らされた。

やはり懐かしのわが家である。居間へ入ると、使い慣れた物が雑多に散らばっている。そこには、冷たい病室の雰囲気ではなく、四十二日ぶりに見る温かい日常の世界があった。

ソファーで妻の出してくれたお茶を味わいながら、わたしはここに至るまでの一連の波乱の日々を思い出していた――。

「著作の刊行」で書いたように、平成二十九年の十二月から三十年の二月にかけては、二つの出版社からの仕事を同時進行でこなすという、過密なスケジュールが続いていた。一つはくもん出版、もう一つは開拓社のものであった。開拓社の原稿は印刷された初校ゲラの校正作業が大変で、締め切りの一月末まで四苦八苦した。

その後もまだ、仕事は終わらなかった。高年大学での講義が二月の七日と九日に続いてあり、休まる暇もなかったのである。

だが、建国記念日の翌日の十二日、すべてが終わり、やっと一息ついたわたしは妻と百貨店や電気店などを巡って買い物を楽しんだ。

その夜はわが家で、仕事が無事終わったことを祝って、ステーキとワインで祝杯を上げた。そのとき、まさかこの平穏を一瞬にして吹き飛ばす異変が起ころうとはつゆ知らず――。

食後のほろ酔い気分でトイレに立とうとしたとき、突如、わたしの身体は自由を失って床に倒れたのである。

今から考えると、減塩と減タンパクの腎臓食ばかりを食べていた身体には、濃厚な夕食が負担だったかもしれない。さもなければ、このところ続いていた疲労の蓄積が、じょじょに血管をむしばんでいたのかもしれなかった。

意識はあったが、動けない。妻に助けられ、毎月かかっている東部医療センターへと、タクシーを飛ばした。

(2) 東部医療センターへ入院

午後八時だというのに、待合室には十人前後の患者がいた。待つことしばし、妻が掛け合って、診察室に通される。CTの検査がすむと、即入院の決定がくだる。ベッドに寝かされ、点滴を受ける。

しばらくして、担当医から病状の説明があったらしい。あとで妻から聞いた。

「左側の脳の毛細血管が破れ、二センチぐらいの出血斑がでています。直ちに止血の処置をしましたが、止まるかどうか分かりません。これ以上に出血が続くと、命の危険があります。もうお歳ですから、手術はしません。延命治療もしません」

担当医にそう言われ、仰天した妻はその場で長男と次男の家に電話。翌日の午後から夕方にかけて、長男一家や次男の嫁が駆けつける始末。二日後には、ジャカルタ住まいの次男までが顔を見せた。やや口の不自由はあったが、皆と話ができたのは、不幸中の幸いであった。

運よく、出血は止まったが、数日は点滴を受けたまま、動くことを禁じられる。

「病名は〈高血圧性脳内出血〉です」

そう言って、担当医はこの病気について書かれた印刷物を妻に渡した。後ほどわたしもそれを読んだが、真性の〈高血圧性脳内出血〉は一週間以内に患者の一五パーセントが死に、一か月以内に二五パーセントが死ぬといわれ、助かった人でも、半数は一年以内に再発すると書かれている。あらためて、病状の重篤さを認識した。

「安藤さんの場合は、出血も少なく、すぐに止まったのでよかったですね。でも、これからが勝負ですから、安心してはいけませんよ」

担当医が家族にそう言うのを聞いて、わたしは生きながらえた幸運を感謝した。長男や次男の家族も、ひとまず危機は脱したとして、三々五々帰って行った。だが、わたしの右半分の手足は痺れたままだし、言葉も自由に使いこなせなかった。

しばらく経つとリハビリが始まった。右手は箸や鉛筆を握る力が失われており、その回復のため粘土をこねたり、洗濯ばさみを動かしたりした。不自由な右足は、廊下でウォーキングをしたり、リハビリ室で自転車をこいだりして、次第に動かせるようになっていった。

そうして二週間ほどすると、担当医から転院の話を持ちだされた。体力は大分ついたものの、やはりリハビリ専門の病院で治療を受けたほうがいい、というのである。

CTを撮ってもらうと、二センチ大の出血斑は半分の一センチ大に縮小していた。それも二、三か月で、消滅するだろうという。

本格的なリハビリを受けるのは一日も早いほうがよいというので、平成三十年二月二十八日、東部医療センターを出た。十七日間の入院であった。

(3) リハビリ病院での治療

転院先は、名東区上社にあるメイトウホスピタル。リハビリを重点的に行っている病院である。ところが、ここでゆっくりリハビリができると思ったのが誤算のもと、きびしい入院生活が待ちかまえていた。やりかけの仕事が追いかけてきたのである。

実は倒れる前に、開拓社へは校正済みの初校原稿を送っていたのであるが、それをもとに組み直した新しいゲラが送り返され、二週間で再校せよと言ってきている。二百四、五十ページもあるゲラを、入院加療中のわたしが再校正できるはずがない。

ここで、妻の獅子奮迅の活躍がはじまるのである。彼女は朝十時ごろから夕方六時ごろまで病院にいて、帰宅すると毎晩十二時近くまで校正作業に没頭し、翌日、鉛筆で訂正・加筆した原稿を数十枚わたしの所へもってくる。それをベッドの上で見て、わたしはさらに筆を加えるという仕事をする。その間、メールのやりとりや調べもののために、許可をもらって自宅に外泊したこともあった。こうして、校正は十日ほどでようやく完了した。

むろん、その間わたしは一日三、四時間のリハビリを続けている。看護師や理学・作業療法士などは、病人だてらに病床にまで仕事を持ち込む様子に呆れながらも、親切に協力してくれた。

さすがリハビリ専門病院だけあって、ここでの訓練は〈言語〉、〈手〉、〈足〉の三部門に分かれ、それぞれが三十分から六十分ぐらいの時間単位で、一日三～四時間行われていた。

東部医療センターになかった言語部門の機能回復は、発声練習から記憶訓練におよび、発音も効あってか次第にハッキリしはじめ、記憶の回路も繋がりはじめた。

〈手〉の療法では、文字の書き取りやパソコンの文字変換が中心に行われたし、一方〈足〉は、下肢のマッサージや歩道でのウォーキングが日課になっていた。

そんな毎日を過ごしながら、わたしの体調は日一日と良くなっていき、すでに早い春の兆しが感じられた三月二十四日、無事退院できた。

（4）新しい毎日が始まったが――

居間のソファーに横たわりながら回想に耽っていると、妻が話しかけてきた。

「どちらの病院の看護師さんも療法士さんも、ほんとに親切でしたね」

妻の言葉に相づちを打ちながらわたしも、マスコミなどではよく入院患者への虐待が報じられるが、そんなことは別世界の出来事に違いないと考えていた。

「親切といえば、見舞いにきてくれた人のことも思い出すね」

とくに、忙しい中をわざわざ立ち寄ってくれた多くの友人、知人、また手紙やメールで励ましてくれた方々への感謝の気持ちは、今なお消えない。

「キミにも、ありがとうと言わなくてはねー」

そう妻に語りかけながらも、それだけでは言葉足らずであることを痛感していた。慌ただしかった校正作業もさることながら、入院いらい一日も欠かさず見舞ってくれた妻の労苦には、いくら感謝してもしきれない。

「家の中、無茶苦茶になってるでしょ。でも、あなたが戻ってくるというのに、片付ける気にならないの。ごめんね」

「疲れたんだよ。オレの入院中、ほんとによくやってくれたからね」

仕事がすんで、かえって妻は元気を無くしているようだ。エネルギーを使い果たしたのか。妻のこの後が心配でもある。

同じ悩みをわたしも持っている。家でのリハビリも、何となくやる気がしない。あの忙しかった頃、仕事を抱え悪戦苦闘した入院生活が、今では懐かしい気がする。

「せっかく生きながらえた命だー。もう少し頑張らなくちゃー。取りあえず、久しぶりに自分史でも書いてみるか」

心につぶやきながら、おそるおそるキーボードを叩く指には、まだ痛みが残っていた。

同病相憐れむ

「今度の病気では、一か月半近い入院だったけど、あなた、どうでした？　人生観が変わったとか」

妻はインタビュアーのような口調で、わたしに問いかける。話し好きの彼女は、夫が黙っているのが不満で、何かにつけわたしの口を開かせようとする。

「そうだなあー、人生観が変わるわけはないが、入院という環境は新しいから、いろいろ感じることはあったよ」

「じゃあ、それ、書いてわたしに読ませてよ」

そう言うが早いか、もう友人との電話をはじめる妻であった。

彼女の話に乗せられたわけではないが、いずれ入院にまつわる話は、もう少し書かねばならないと決めていた。ただ、病気の経過や治療の話はすでに書いたので、ここではわたし自身の気持ちを中心に纏めることにする。

病後の現在、以前の状態と比較すると、歩くとき足から受ける感触に大きな違いがある。足が地に着かないというか、雲の上を歩いているというか、そのくせ地面には強力な磁力があって、両足は吸引される。

この気分はさらに言えば、雲というより搗きたての餅の上を歩くようなものだ。まとわりつく地面の餅から、片足を力一杯引きはがす。すかさず、もう片足が引き込まれる。身体はバランスを崩してよろける。あわてて姿勢を立て直す。

こんなことを繰り返すのだから、疲れてしまうのだ。家のまわりをひと回りするのに、出足は好調だが、中途からは酔っ払いのような足取りになってしまう。

知人の何人かがステッキを勧めてくれたが、自力回復の妨げになるからと断った。ところでわたしはこれまで、ステッキの人、松葉杖の人、車椅子の人、また道具にたよらず不自由な足を引きずる人など、多くの人たちを見かけてきた。そんなとき、わたしは気の毒には思っても、あのようになっては大変だから、そうならないように気をつけようというぐらいにしか、考えなかった。

だがこのたび、介護施設の世話になって、肢体の不自由な人があまりに多いのに驚くとともに、自分もそのひとりになったのだという感慨がこみあげてきた。そして以前、自分が足の悪い人を見て感じたときと同じ感情を、五体満足な人がわたしに対して持つに違いないと想像してしまう。だが、そう想像したとたん、わたしは自分の心の内がこれまでと違っているのに気づく。今やわたしは、人からそう見られたくないと思っているのだ。自分勝手かもしれないが、以前の自分がしていたような、うわべだけの同情はしてほしくないのである。

英語のことわざに「靴を履いている者でなければ、靴の痛むところは分からない」というのがあるが、自分がそうなってはじめて、わたしは足が不自由になることがどんなことなのか、分かった気がする。そして元気な人には、それが分かるはずはないと決めこんでしまう。「あなた方はわたしと住む世界が違うのだ」と断定してしまう。

そこへいくと、介護施設には同じ悩みを抱えた人が多くいて、心が安まる。お互いがお互いの痛みを知っている気がするからである。

そこでまた、わたしはもう一つのことわざを思い出す。「同病相憐れむ」である。

このことわざ、広辞苑によれば、「同じ苦痛を受けている者は、互いに理解し合い同情する念が深い」とある。確かに、その通りといえるかもしれない。だが、この解釈は事態をあまりに一般化しているし、きれい事すぎないだろうか。

ことわざは状況の知恵だから、違う人が別の状況で使えば、意味も変わってくる。病人がこのことわざを口にすれば、広辞苑の解釈はその通りということになるだろう。しかし元気な人が会話のなかで使ったとすれば、どうだろうか。

そこには、憐れみ合い、傷口をなめ合う病人たちを外から眺める、元気な人たちの冷ややかな視線が感じられないだろうか。「相憐れむ」のは病んだもの同士であって、元気な人は外野にいる気がする。そう憶測するのは、病人のひがみだろうか。

多くのことわざには裏の意味があるが、このことわざにもそれがある。広辞苑の解説を裏返せば、「同じ苦痛を受けない者は同情心がそれほど深くない」ということになる。さらにいうならば、「病人の苦しみは同じ病人にしか分からない」とまで深読みすることもできるだろう。

さて、屁理屈は止めにしよう。健康人の同情などを云々しても、始まらない。そんなことは、実はどうでもよいことなのだ。わたしを含めて、病人はみな他人の目を気にせず、懸命にリハビリに励んでいる。

週二回、デイサービスに出かけているが、これが楽しいのである。そこで働く人たちは、なぜこんなに親切なんだろうといつも思う。リハビリの世話をしてくれるとき、いちいち「お願いします」という。お願いするのは患者であるはずなのに、これでは主客転倒である。

人の情けを身に沁みて覚えるこのごろである。なかでも、実のある手助けがいちばん嬉しい。この気持ちは、倒れる以前には持ったことがない。どんなときにも、新しい発見があるものだ。病気になるのも、案外捨てたものではないようである。

老い先を考える

（1）老化の道には発見がある

茨木のり子の詩「道しるべ」は、「昨日できたことが　今日はもうできない」で始まっている。
このごろ、それに似たことをわたしは毎日実感している。

昨日の美味しかった味噌汁が、今日はもう味がしない。
昨日のコーヒーの香ばしい匂いが、今日はもう感じられない。
昨日出会った友の名前が、今日はもう思い出せない。
昨日できた靴下をはくときの片足立ちが、今日はもうできない。
昨日できた家の周りの散歩が、今日はもう疲れて途中で帰る。
昨日できた読書が、今日はもう目が疲れて途中で投げ出す。
昨日できた熟睡が、今日はもう夜中に目覚めて朝まで眠れない。

昨日できたことで今日できないことは、数えればきりがないほど多くあるだろう。それが毎日、新しい出来事として自分の身に起きるのである。これまでにないことだから、すべてが新しい発見である。

何ごとであれ、発見には喜びが伴うものである。できないことが新しく増えるにつれ、悲しさの反面、わたしはある種の楽しさも感じている。老いるとはこんなことかと、昨日とは違う今日の変化を新しい体験として、興味をもって受け入れている。

老いへの道のりが新しい発見で満ちていると知れば、誰しも通るこの道にも明るい日差しが注ぐのではなかろうか。

(2) 百歳への道を歩き始める

わたしは昭和四年生まれだから、昭和の時代をほぼ六十年、平成の時代を三十年、二つの時代を合わせて九十年になる歳月を生き延びてきた。

わたしの人生も、昭和と平成を境にきれいに二つに分かれている。

高校教師を退職したのは昭和の終わりだった。次なる人生が平成とともに始まり、それは短大教師として勤めた前期と、パソコンを友に自由に執筆活動を続けた後期とから成っている。

平成を経て令和となった現在、ちょうど九十歳の卒寿を迎えた。そして新しく白寿(九十九)と百寿(百)に至る道を歩き始めている。しかし、この先はいかにも長い。生きるのは、絶望的でないかと危ぶまれる。

だが、傘寿（八十）を祝ってもらったとき、次の米寿（八十八）まで命が保つかと心配したが、長い八年の山坂を超えて、さらに二年、卒寿（九十）まで辿り着いたではないか。今度だって、死ぬと決まったわけではないのだ。たとえその可能性は何千万分の一であったとしても、百歳まで生きられないとは、神ならぬ身、誰が断定できるか。

今日も、リハビリのために施設へ向かう。これも、百歳へ至る道のりである。そう思うと、足取りはいつもより軽い。

おわりに

本書は、わたしが所属している「自分史の会」の同人誌に、何年にもわたって発表してきた作品を纏めたものです。自分史というと、一般に自分の歩んだ生涯を後世のために残す記録と考えられているのですが、ある意味ではそれはそれで正しい理解でしょう。だが自分史を書くことは、ただ記録を残すだけのことかというと、それは違うといえると思います。

わたしにとって自分史を書くことは、自分の人生をもう一度生きることでした。それは二度目の人生でした。皆さんも、自分の人生のことを考えてみてください。最初の人生では、仕事にしても余暇にしても、日常の慌ただしいルーティーンの中で、半ば無意識的に過ごしてきたのではないでしょうか。

しかし、自分史を書くことで思い出す二度目の人生では、一度目の人生で忙しさにかまけて気づかなかったこと、例えば自分の生きた時代の背景や、自分の周りの人たちとの人間関係など、あるいは自分が言ったり行ったりしたことなどをじっくり思い出したり、忘れていることがあれば人に聞いたり、書物で調べたりすることができるのです。

つまりこの第二の人生では、人はそれぞれの時代における自己の生きざまを反省したり確認したりして、将来の生き方につなげていくことができます。それは、第一の人生よりはるかに意義のある人生といえるのではないでしょうか。

むかし読んだイギリスの歴史家E・H・カーが歴史叙述について、次のように言ったことを思い出します。彼によれば、歴史は過去の単なる記録ではない。もしそうであれば、それは年代記にすぎない。歴史は現在の関心から出発しなければならない。それは、現在と過去との対話である。——と、だいたいこのような意味のことだったと思います。これは、自分史を書くことと同じ考え方ではないでしょうか。

最後になりましたが、これまでお読みいただいた読者の皆さんに、心より感謝申し上げます。そして、皆さんの中にも自分史を書いてみようと心が動いた方がおられれば、こんな嬉しいことはありません。また、このたびは本書に併せ、いわば「もうひとつの自分史」として『九十翁のことわざ人生』を上梓しました。わたしの人生に起きたさまざまな出来事をことわざを引いて綴ったものですが、これもご覧いただければ何よりです。

なお、本書を出版するに当たって、樹林舎の山田恭幹さんや三輪由紀子さんほかスタッフの皆さんに、内容や表現のチェックを始め編集・校正全般についてお世話になりましたことを感謝し、厚く御礼申し上げます。

安藤 邦男（あんどう くにお）

昭和四年、三重県久居町（現津市久居新町）生まれ。春日井尋常小学校、愛知県小牧中学校（旧制）、名古屋経済専門学校（現名古屋大学経済学部）、名古屋大学文学部英文科を各卒業、同大学院文学部を中退する。英語教師として愛知県立名古屋西高校、同千種高校、同昭和高校、同旭丘高校に勤務。定年退職後、市邨学園短期大学で英語を教える。同大学退職後は、地域の様々な団体やサークルで講師のボランティア活動をする傍ら、著作活動に励む。
著書に『自由と国家』（共著・山手書房・昭和59年）、『英語コトワザ教訓事典』（中日出版・平成11年）、『テーマ別 英語ことわざ辞典』（東京堂出版・平成20年）、『エドガー・アラン・ポオ論ほか』（英潮社・平成21年）、『東西ことわざものしり百科』（春秋社・平成24年）、『やさしい英語のことわざ 全四巻』（共著・くもん出版・平成30年）、『ことわざから探る 英米人の知恵と考え方』（開拓社・平成30年）などのほか本書と同時刊行の『九十翁のことわざ人生』（人間社）がある。また、インターネットにホームページ「英語ことわざ教訓事典」を公開している。現在「ことわざ学会」会員。名古屋市名東区在住。

九十翁の教職一代記

2019年11月10日　初版1刷発行

著　者　安藤 邦男

編集制作　樹林舎
〒468-0052　名古屋市天白区井口1-1504-102
TEL:052-801-3144　FAX:052-801-3148
http://www.jurinsha.com/

発行所　株式会社人間社
〒464-0850　名古屋市千種区今池1-6-13　今池スタービル2F
TEL:052-731-2121　FAX:052-731-2122
http://www.ningensha.com

印刷製本　モリモト印刷株式会社

©ANDO Kunio, 2019, Printed in Japan
ISBN978-4-908627-46-0 C0095
＊定価はカバーに表示してあります。
＊乱丁・落丁本はお取り替えいたします。